KB062326

로크미디어가
유혹하는
재미있는 세상

ROK
MEDIA
로크미디어

예지몽으로 히든랭커 27

2023년 2월 17일 초판 1쇄 인쇄
2023년 2월 21일 초판 1쇄 발행

지은이 이현비
발행인 강준규

기획 이기헌 왕소현 박경무 강민구 조익현
책임편집 백승미
마케팅지원 이원선

발행처 (주)로크미디어
출판등록 2003년 3월 24일
주소 서울시 마포구 마포대로 45 일진빌딩 6층
Tel (02)3273-5135 **Fax** (02)3273-5134
홈페이지 rokmedia.com **E-mail** rokmedia@empas.com

ⓒ 이현비, 2021

값 9,000원

ISBN 979-11-354-7927-4 (27권)
ISBN 979-11-354-9382-9 04810 (세트)

예지몽으로 히든랭커

이현비 게임 판타지 장편소설

CONTENTS

구출 의뢰   7

분위기 조성   29

본격적인 타이탄 생산   61

모둔의 비상飛上   83

경매   105

결렬   117

릴센 시티   141

아니펜의 위용   167

아니테라의 성장   209

몬스터 웨이브   223

팔탄 시티로   257

구출 의뢰

예상하지 않은 낭보를 전해 들은 알펜 시티는 그야말로 난리가 났다. 보고를 받은 성주가 즉시 집사부장과 정보국장 그리고 헌터국장을 불러들였기 때문이다.

"정말 용병들이 가장 먼저, 그리고 완벽하게 사냥을 했단 말이지?"

"네, 성주님. 참관인으로 따라붙은 포레인 경이 사냥한 웨어울프 사체들을 확인했습니다."

대부분의 시장들처럼 성주로 불리는 것을 좋아하는 데비안 테이번의 물음에 정보국장인 에른스타트는 그렇게 대답했다.

"용병들의 숫자가 얼마나 되나?"

"300명 남짓으로 알고 있습니다."

"그런데 전사들보다 더 빨리, 그리고 더 엄청난 전과를 세 웠단 말이지?"

용병 중에서도 실력자가 없는 건 아닐 테지만 상식적으로 도저히 믿을 수가 없었다.

"그쪽에 타이탄 20기가 합류해서 웨어울프와 회색늑대 들을 운석공으로 몰이를 해서 사냥을 했다고 합니다."

성주의 말에 강한 위기감을 느낀 헌터국장 베럴이 정보국 장에 앞서 대답했다.

"타이탄 20기? 용병들이 타이탄 라이더들을 구했다고?"

말이 안 된다. 용병들에게 타이탄 20기를 지원해 줄 세력 도 없을 테지만 시티에서 용병길드에 의뢰를 하기는 했지만 타이탄을 기동할 정도의 보상은 걸지 않았던 것이다.

"그렇습니다. 최근에 우리 시티에 들어온 온 훈이라는 전 사가 용병으로 등록을 했는데, 그는 물론이고 그의 수하 20 명이 베타급 타이탄 라이더라고 했습니다. 그의 도움을 받은 것으로 확인되었습니다."

베럴의 설명에 짜증을 내려던 성주의 눈빛이 확 바뀌었다.

"베타급 타이탄 20기라고? 정말인가?"

"저도 믿어지지가 않아서 여러 번 확인했는데 확실합니다."

"전과를 보면 안 믿을 수도 없지만 어디에서 갑자기 베타급 타이탄이 20기나 나타난단 말인가?"

"온 훈이라는 전사는 마르트 산맥 깊숙한 곳에 위치한 아니테라라고 하는 시티 출신으로, 뭔가 임무를 받고 파견이 된 것으로 보이는데 그 자신도 베타급 타이탄 라이더라고 합니다."

그 말에 뭔가 생각을 하던 성주의 눈이 커졌다.

"온 훈이라…… 들은 적이 있군."

"네?"

이번에는 배석한 시티 수뇌부들이 놀랐다.

"얼마 전 칼테인과 데이리나가 유적 탐방을 나갔을 때 목숨을 구해 준 용병이 있다고 했다."

"그럼 그가?"

"그래. 당시만 해도 타이탄은 소환하지 않았는데 폭발하는 화살만으로 웨어울프와 회색늑대 들을 전멸시켰다고 하더군."

성주의 말을 들은 정보부장과 헌터국장의 안색이 달라졌다. 그들은 같은 내용의 보고서를 열람한 기억이 떠오른 것이다.

"그러고 보니 이페이 전사장과 함께 오우거를 사냥한 타이탄 라이더가 바로 그 용병이었습니다!"

"그대들도 들은 적이 있나 보군. 그런 인재라면 당연히 우리 타이탄 전사단으로 영입했어야 하는 거 아니야?"

그렇게 말하는 성주의 얼굴에는 짙은 탐욕의 빛이 떠올라
있었다.

"가리엘 전사장이 가장 먼저 그의 실력을 알아보고 전사로
영입을 하려고 했지만, 그가 받은 임무로 인해서 어느 시티
에 소속되지 않겠다는 대답을 들었답니다. 이페이 전사장도
마찬가지 얘기를 했고요. 그가 우리 시티에 온 것도 아니테
라 시티에서 내린 임무 때문인 것으로 확인되었습니다."

"흐음. 그럼 회유할 가능성은 없는 건가?"

"그렇다고 봐야 합니다. 그 자신은 물론 휘하에 베타급 타
이탄 라이더 20명을 거느리고 있는 것으로 봐서는 아니테라
시티의 요인인 것 같습니다."

"하긴!"

베럴의 의견에 데비안이 고개를 끄덕였다. 자신이 생각해
도 온 훈이라는 자는 최소한 시장의 직계이거나 차기 시장
후계자일지도 모른다. 그 정도 신분이 아니면 실력이 있다고
해도 젊은 나이에 타이탄 라이더 20여 명을 지휘할 기회를
잡지 못할 것이다.

"그 친구가 받은 임무에 대해서는 모르고?"

"네. 다만 확실한 것은 단순한 게 아닐 거라는 점입니다."

성주가 고개를 끄덕였다. 맞는 말이다.

알펜 시티가 베타급 타이탄을 겨우 7기만 보유하고 있다
는 사실을 생각하면 아니테라 시티의 무력은 충분히 짐작

할 수 있었고, 그런 막강한 전력을 보유한 시티가 후계자까지 내보내서 해결하려는 문제는 결코 일반적인 것이 아닐 것이다.

"그러면 앞으로 그 친구를 어떻게 대하는 것이 좋을까?"

그런 전력을 가진 자를 용병으로 대할 수는 없었다.

"마르트 산맥이 엄청나게 넓고 대부분 사람의 발길이 닿지 않기 때문에 아니테라의 위치는 알 수 없지만, 그나마 가장 가까운 시티가 우리 시티인 것은 확실합니다. 그러니 미래를 생각해서라도 최대한 선의를 베푸는 것이 좋을 듯합니다."

"우리 시티로 영입하지 못하는 것은 안타깝지만 정보국장의 의견대로 하는 것이 좋을 것 같습니다."

"저도 같은 생각입니다. 그리고 만약 그 친구가 아니테라 시티의 후계자라면 이 기회에 동맹을 맺는 것도 나쁠 것 같지 않습니다. 그리고 좀 더 단단한 동맹을 구축하려면 혼사가 가장 좋지요."

알펜 시티를 실질적으로 이끌어 가는 세 사람의 의견을 들은 데비안 성주가 천천히 고개를 끄덕였다.

'동맹을 맺기 이전에 그 친구를 최대한 돕는 것이 우리 시티의 입장에서는 최선이다.'

일단 그의 임무가 어떤 것인지 알아봐야만 했다.

"가리엘 전사장이 그와 친분이 있다고 했지?"

"네!"

"당장 불러들이게. 그리고 그 친구를 내성으로 불러들여서 최고의 대우를 해 주게."

"그것도 좋지만 지지부진한 다른 곳의 사냥을 의뢰하는 것은 어떨까요?"

현재 웨어울프와 회색늑대의 사냥 현황은 그리 좋지 않았다. 현재 호위전사단과 타이탄 전사단이 맡은 동쪽 구역을 정리하고 있는데 원래 사냥 대회의 무대였던 북쪽 지역이 문제였다.

물론 시티의 핵심 전력이 동쪽 구역을 정리하고 난 후 북쪽으로 이동할 계획이지만 가온과 용병들을 이용한다면 시간을 확 줄일 수 있었다.

"그것도 나쁘지 않겠군. 베타급 타이탄 20기가 추가된다면 더 빠르게 토벌을 할 수 있을 테니까. 보수는 달라는 대로 주게. 한번 기동하는 데 무지막지한 비용이 들어갈 테니 자금이 많이 필요할 거야. 아니, 차라리 상급 마정석으로 의뢰를 해. 그리고 이왕 같이 있는 상황이니 용병들에게도 의뢰를 하고."

"알겠습니다."

"그리고 토벌이 끝나면 그와 독대할 자리를 마련하게. 내가 직접 만나 볼 테니까."

상대가 일개 용병이 아니라 한 시티의 후계자인 것은 거의 틀림이 없으니 자신이 직접 나서서 대접할 필요가 있었다.

'거기에 그 정도의 타이탄 전력이라면 유사시 반드시 우리에게 힘이 될 거야!'

데비안도 한 시티의 주인이기에 메가시티처럼 영역을 확장하는 것을 꿈꾸고 있었다. 그런 꿈을 실현시키려면 현재보다 더 막강한 전력이 필요했고, 타이탄이라면 최고의 전력이 될 것이다.

"대가는 뭐든 치르겠단 말입니까?"

가온은 참관인으로 전투를 지켜봤던 포레인 전사장의 말을 믿을 수가 없었다. 원하는 건 뭐든지 준다니 말이다.

"그렇습니다. 성주께서 직접 약속하셨습니다. 곤경에 빠진 이들을 구하는 임무를 세 번만 수행하면 온 훈 경이 원하는 건 뭐든 내주라고 말입니다."

그 정도야 가온에게 어려운 의뢰는 절대로 아니었다. 20기나 되는 베타급 타이탄을 고려하면 쉬운 편이었다.

물론 말이 그렇지 보상이 무제한은 아니다. 최대한 챙겨주겠다는 선의 혹은 호감의 표현일 뿐이다.

'잘됐다!'

안 그래도 알파급 타이탄이 필요했는데 며칠 대여를 하는 조건이라면 충분히 들어줄 것이다.

"어떤 대가를 원하십니까?"

"그럼 상급 마정석 1천 개와 함께 알파급 타이탄과 기가스

한 기씩을 며칠만 빌려주십시오."

가온은 마탑주와의 만남도 거론할까 하는 생각을 했지만 그는 멀리 출타 중이라서 가능성이 없었다.

부탑주와의 독대야 자신의 역량으로 충분히 만들 수 있으니 굳이 그것까지 언급할 필요는 없었다.

"상급 마정석은 이해가 가는데 알파급 타이탄과 기가스는 좀 뜬금이 없군요. 정말 그것을 원하십니까?"

가온의 말을 들은 포레인은 이해가 안 간다는 얼굴로 재차 확인을 구했다.

"아시는지 모르겠지만 우리 아니테라는 고대 유물을 바탕으로 독자적으로 타이탄을 개발했습니다. 해서 다른 마탑에서 제작한 타이탄과 비교해 볼 필요가 있습니다."

가온의 대답에 잠시 생각한 포레인은 작게 고개를 끄덕였다.

'아니테라 마탑에서 요구한 모양이군. 아무튼 마법사들이란……'

그래도 독자적인 기술로 타이탄을 개발한 아니테라의 입장이라면 꼭 필요한 일이라는 생각이 들었다.

"그럼 그렇게 보고하겠습니다. 제 생각에는 무난하게 받아들여질 것 같습니다."

"그럼 부탁합니다."

참관인이자 의뢰를 전달한 포레인도 긍정적인 반응을 보

였으니 자신이 원하는 것은 무난하게 확보할 수 있을 것 같
았다.

　용병들도 시티의 의뢰를 수락했다. 가온 덕분에 아무런 피
해도 없이 자신들에게 맡겨진 의뢰를 완수한 만큼 더 벌 수
있는 기회를 놓칠 수는 없었다.

　대신 로랑은 가온에게 지휘권을 넘겼다. 그가 임무의 핵심
임을 인정한 것이다.

　"첫 번째 임무입니다. 사냥 대회에 참가했다가 숫자가 급
격히 증가한 웨어울프와 회색늑대 들로 인해서 저습지 중앙
의 섬에서 버티는 이들을 구해야 합니다."

　다음 날 아침, 충분히 쉰 말을 전력으로 몰라서 달려간 곳
은 시티의 북동쪽에 있는 저습지였다. 가뭄이 들어도 마르지
않는 곳이라서 초식동물들이 많이 서식하고 찾기 때문에 손
쉽게 먹이를 구하려는 웨어울프와 회색늑대 들도 많았다.

　저습지라고 해도 말의 발목 정도만 잠길 정도만 물이 차
있었고 바닥도 뻘이 아니라서 말을 타고 이동하는 데 문제가
전혀 없었다.

　넓은 저습지 곳곳에는 섬처럼 불룩 솟은 마른 땅이 있는데
그중 한 곳에 100여 명이 갇혀 있었다. 사냥 대회에 참가했
다가 발이 묶인 이들이었다.

　생존자의 수가 적기도 하지만 한창 작전 중인 시티 호위전

사단이나 타이탄 전사단의 일부가 출동하기에는 비효율적이라고 생각해서 가온과 용병들에게 맡겨진 것이다.

가온과 용병들은 말을 탄 상태로 저습지 안으로 들어섰다. 저습지 곳곳에 키가 큰 갈대 식물들이 군집을 이루고 있었지만 대부분은 짧은 물풀들만 자라기에 이동하는 데 전혀 지장이 없었다.

저습지 경계에 도착한 가온과 용병 수뇌부는 잠시 회의를 했는데, 일단 사람들이 피신해 있는 섬까지 들어가기로 결정했다. 임무가 웨어울프와 회색늑대를 사냥하는 것이 아니라 사람들을 구하는 일이었기 때문이다.

저습지 경계에서 중앙에 있는 마른 땅, 즉 섬까지는 대략 5킬로미터 정도 떨어져 있었기에 말을 타고 20분 정도는 이동해야만 했다.

거기까지 가는 동안 사람들은 매처럼 날카로운 눈으로 주위를 살폈지만 단순히 사람의 숫자가 많아서가 아니라 말까지 있어서 그런지 회색늑대들은 전혀 보이지 않았다.

하지만 가온은 정찰을 맡은 카오스와 녹스가 전해 주는 의념을 통해서 저습지 전체를 포위하기 시작한 회색늑대들의 동태를 파악하고 있었다.

'겨우 1천 마리냐.'

이미 5천여 마리를 사냥한 가온에게 1천 마리는 우스웠다. 그렇기에 별로 신경을 쓰지 않고 섬으로 향했다.

저습지 안쪽에 있는 섬으로 향하던 가온은 문득 의뢰를 더 빨리 끝낼 방법을 떠올렸다. 세 건의 임무를 수행하기로 약속했으니 서두르는 것이 좋았다.

"포레인 경!"

가온은 앞서가던 포레인을 불렀다.

"말씀하십시오, 온 경."

"저습지를 영역으로 하는 웨어울프와 회색늑대 들을 사냥하면 임무는 자연스럽게 완수되는 겁니까?"

"그렇기는 한데 그게 가능하겠습니까? 제가 들은 바로는 놈들은 저습지 주위의 관목 숲이나 길게 자란 갈대와 같은 풀 속에 은신하고 있다가 사람들이 섬에서 나오려고 할 때마다 모습을 드러낸다고 합니다. 그래서 마탑의 마법사들이 공중에서도 놈들이 숨어 있는 곳을 찾지 못했고요."

"저도 듣긴 했지만 일단 사람들과 함께 움직이면 타이탄이 움직일 때 제약이 생길 것 같아서 시도라도 한번 해 보려고요."

"그게 가능하다면 단순히 사람들을 구출하는 것보다 훨씬 더 완벽하게 임무를 수행하는 것이 될 겁니다."

첫 의뢰의 경우 저습지 안에 고립된 사람들을 구하는 것이 급해서 그렇지 원래 가온에게 맡기려는 의뢰들은 웨어울프와 회색늑대 들을 사냥하는 것이 내용이었다.

"그럼 그렇게 알고 시작하겠습니다."

가온은 이전에 했던 대로 라델 등 네 마법사로 하여금 공중 정찰을 하도록 했다.

얼마 후 마법사들은 시티 마탑의 마법사들은 찾지 못했던 회색늑대들의 은신처를 발견해서 알려 왔다.

하지만 실제 내용은 전혀 달랐다. 미리 정령들이 찾아 둔 위치를 가온이 의념으로 전해 주면 마법사들이 정찰한 것처럼 그 내용을 통신기를 통해서 다시 전하는 복잡한 방식이었다.

유감스럽게도 회색늑대들은 한 곳에 100여 마리 정도에 불과했다. 넓은 저습지 안에서 효과적인 사냥을 하려고 소규모로 무리를 나눈 것이다.

'던전을 나온 지 오래되어 이젠 합동 작전까지 펼칠 정도로 사이가 가까워진 건가? 한꺼번에 처리할 수 없어 귀찮기는 하지만 사람들의 안전을 생각하면 이편이 훨씬 낫지.'

놈들의 규모와 은신처를 알았으니 사냥하는 것은 어렵지 않다.

가온의 지시를 들은 용병들과 엘프 전사들이 네 무리로 나뉘어 저습지 밖으로 향했다.

"어떤가?"

가온은 플라잉 마법을 저습지 상공에 떠 있는 마법사 라델에게 확인을 해 봤다.

-별 움직임은 없습니다.

기존에 섬 안에 갇혀 있던 인간들이 아니라서 그런 것인지 아니면 인간을 만만하게 봐서 그런지 놈들은 자신들을 목표로 한 넓은 포위망이 완성될 때까지 움직이지 않았다.

포위망이 좁아지는 것은 순식간이다. 익스퍼트급 용병들이 다수 포함되어 이동속도가 무척 빨랐다.

굳이 타이탄을 소환할 필요조차 없었다. 용병들 사이에 섞여 있는 엘프 전사들은 익스퍼트 중급의 실력만 내보이고도 웨어울프는 물론 100여 마리의 회색늑대를 순식간에 썰어버릴 수 있었다.

그렇게 저습지를 포위하고 있는 웨어울프 중 1마리를 제거한 가온은 이후로도 마법사들의 정찰을 바탕으로 은신처를 찾아내고 넓게 포위망을 형성한 후 빠르게 좁히는 방법으로 웨어울프와 회색늑대 들을 사냥했다.

그런 사냥을 따라다니면서 확인한 포레인을 수행하는 수련전사는 이해가 안 가는지 연신 고개를 갸웃거렸다.

"같은 마법사인데 정찰력에서 왜 이렇게 차이가 나는지 모르겠군요."

대규모 무리가 아니면 회색늑대들의 은신처조차 파악하지 못한 알펜 마탑의 마법사들과 달리 아니테라의 마법사는 저습지 곳곳에 널려 있는 작은 숲의 위치와 숨어 있는 회색늑대의 마릿수를 거의 정확하게 파악했다.

"그러게 말이다. 아!"

생각해 보니 어쩌면 당연한 일이다. 타이탄을 개발할 정도라면 당연히 마법사들의 능력도 출중할 테니 정찰력에서 차이가 나는 것이리라.

가온은 포레인이 오해하는 것은 신경도 쓰지 않았다. 그보다는 카오스와 녹스가 전해 주는 정보를 바탕으로 저습지 주위에 포진한 웨어울프와 회색늑대 무리를 사냥하는 일이 더중요했다.

하루가 다 지나가기 전에 첫 번째 임무를 완수했다. 웨어울프 10마리에 회색늑대 1천여 마리를 사냥해서 저습지 주위를 안전한 지대로 만든 것이다.

다른 두 임무는 더 쉬웠다.

웨어울프를 상대할 때 가장 중요한 것은 상대를 먼저 찾아내는 것인데 가온은 상대가 알아차릴 수 없는 정령들이 있었기에 그게 가능했다.

일단 웨어울프들이 있는 곳을 찾으면 끝이었다. 무리의 규모에 따라서 포위를 하거나 타이탄을 소환하기도 했지만 어려울 것이 전혀 없었다.

마지막 세 번째 임무가 가장 난이도가 높았다. 풀이 길게자란 작은 초원 중심부에 고립된 200여 명의 사람들을 구하는 내용이었는데 포위하고 있는 웨어울프의 숫자가 30여 마리에 달했다.

사냥 대회에 참석한 이들을 포위한 웨어울프는 길게 자란 풀 속에 은신하고 있다가 빠른 기동력으로 기습을 가하고 물러나는 식으로 인간들이 제대로 움직일 수 없도록 봉쇄하고 있었다.

사람들은 초원 중심부에 볼록 솟은 언덕에 자리를 잡고 주위의 풀을 멀리까지 베어 낸 후 근처에 있는 돌로 가슴 높이의 성을 쌓고 버티고 있었다.

200여 명 모두 상당한 실력을 가지고 있었고 아직까지는 무기도 충분해서 회색늑대의 기습 정도는 충분히 감당할 수 있었지만, 문제는 점점 줄어드는 식량과 빠르게 낮아지는 체력이었다. 제대로 먹지도 못하고 수시로 기습을 받았기 때문에 빠르게 체력이 빠지고 있었다.

그들이 유일하게 기대하는 건 시티에서 보낸 구출대였는데 몇 번이나 통신을 해 봐도 시티 측은 기다리라는 말만 반복했다.

그렇게 기약 없는 기다림 속에서 지쳐 가던 사람들은 기적을 볼 수 있었다.

"타이탄이다!"

"오오! 베타급이야! 주먹질 한 방으로 수인화를 한 웨어울프를 곤죽으로 만들어 버렸어!"

"길드장이다! 용병길드에서 왔다고!"

"긴장해! 웨어울프와 회색늑대 들이 이쪽으로 도망친다
고!"

자신들은 웨어울프와 회색늑대 무리에게 포위당해서 꼼짝
도 하지 못하고 있는 상황이었는데 베타급 타이탄 20기가
300여 명의 용병들과 함께 더 넓은 포위망을 구축한 상태로
놈들을 안쪽으로 밀어붙이고 있었다.

타이탄이 등장해서 웨어울프들은 물론 동족들을 압살하자
공황에 빠진 회색늑대들은 미친 듯이 언덕 쪽으로 도망치기
시작했다. 그 숫자가 1천여 마리에 달해서 언덕 위에 있는
이들이 오히려 위험해진 것이다.

그때 5기의 타이탄이 무서운 속도로 언덕을 향해 질주했
다. 그리고 순식간에 회색늑대들을 추월해서 언덕 아래에 도
착했다.

언덕을 중심으로 다섯 방향을 틀어막은 타이탄들은 몸을
돌렸다. 이쪽으로 달려오는 회색늑대들이 기함을 하고 옆으
로 방향을 튼 것은 너무나 당연했다.

하지만 타이탄들은 회색늑대들이 언덕 쪽으로 도망치는
것을 막는 것이 목적이 아니었다. 다시 외곽을 향해 빠르게
나아가면서 수인화한 웨어울프와 회색늑대 들을 향해 대검
을 휘둘렀다.

앞뒤로 포위가 된 웨어울프와 회색늑대 들은 맹렬하게 타
이탄과 용병들을 향해 달려들었다. 아예 도망칠 길이 보이지

않았기 때문이다.

그때 타이탄에서 나온 가온은 다른 타이탄의 어깨 위로 올라가서 폭발시를 날리기 시작했다.

꽝! 꽝! 꽝!

화살 하나에 상대의 몸이 산산조각이 나서 피와 육편이 사방으로 날아갔다. 그런데 그 화살이 심지어 연사가 되니 웨어울프와 회색늑대 무리는 공황에 빠질 수밖에 없었다.

언덕 위에서 상황을 지켜보던 이들까지 합세하자 결국 투기까지 잃은 웨어울프와 회색늑대 들은 타이탄과 용병 들에게 빠르게 정리가 되었다.

사냥 대회에 참가했다가 웨어울프와 회색늑대 무리에게 포위되어 고립되었던 이들은 대부분 용병이나 사냥꾼들이었기에 사냥이 끝나면 반가운 해후의 시간을 갖기도 했다.

타이탄에 탑승해서 웨어울프와 회색늑대 들을 직접 상대한 가온 역시 아는 이들의 열렬한 환영을 받았다. 이 세계로 넘어왔을 때 인연을 맺었던 에스림 용병대도 세 번째 의뢰를 통해 구함을 받았기 때문이다.

그리고 그 과정에서 포위되었던 사람들은 가온이 타이탄에서 내려서 다른 타이탄의 어깨 위로 올라가서 폭발시를 연사하는 모습을 볼 수 있었다.

구출받은 이들은 베타급 타이탄에서 내리는 가온을 보고

당연히 타이탄 전사단 소속의 전사장일 것으로 생각했지만 아니라는 사실을 알고 있는 인물들이 있었다.

"와아아! 저 친구, 아니 저분이 타이탄 라이더일 줄이야!"

"뭐야? 아는 전사장인가?"

에스림 용병단 단장인 베릿의 이상한 태도에 주위에 있던 용병단 단장들이 관심을 보였다.

"전사장이 아니라 용병이야."

"뭐라고?"

타이탄 라이더가 용병이라는 말에 주위 용병들이 금방 시끄러워졌다. 전혀 예상하지 못했던 말이었기 때문이다.

"내가 몇 번 말했지. 아이템이 아니라 마나 운용력으로 폭발하는 화살을 사용하는 대단한 용병이 있다고."

"그럼 등록하고 며칠 되지도 않아서 실버 패를 받은 용병이 바로 저 친, 아니 저분인가?"

"맞아. 험준하기로 소문난 마르트 산맥 깊숙한 곳에 자리 잡은 시티 출신인데 처음 만났을 때부터 범상치 않은 분인 줄 알았지만 타이탄, 그것도 베타급 타이탄 라이더인 줄은 정말 몰랐네!"

"이럴 줄 알았다고! 타이탄 라이더도 목숨을 잃을 뻔했던 협곡 아래로 내려가서 홀로 한빙초를 채취하는 것을 보고 엄청난 강자인 줄 짐작했지!"

베릿과 척은 자신을 구해 준 사람이 가온이며 그가 베타급 타이탄 라이더라는 사실을 마치 자신의 일인 것처럼 좋아했고 가온과 친분이 있다는 것을 주위 용병들에게 과시하고 싶어 했다.

"베릿, 저분과 친분이 있는 거야?"

"척, 소, 소개 좀 시켜 주게. 인사만 드리겠네."

용병단이나 용병대를 운영하는 이들이 가온의 존재에 열광하는 이유가 있었다. 시티 소속의 타이탄 전사단 출신이 아닌 용병이 베타급 타이탄 라이더인 경우는 한 번도 들어 보지 못했거니와 그런 강자가 용병이니 앞으로 많은 도움을 받을 수 있을 것 같았기 때문이다.

막말로 타이탄 1기만 가세한다면 고액의 보수가 걸린 의뢰를 아주 쉽고 빠르게 완수할 수 있고 안전도 담보가 된다.

그런데 베릿이 언급한 그 용병이 타이탄 라이더일 뿐 아니라 엘프 혼혈로 추정되는 다른 20여 명의 타이탄 라이더들의 수장인 것 같으니 어떻게든 친분을 맺고 싶었다.

베릿은 가온과 친분이 있다는 사실을 자랑하고 싶은 것밖에 없었지만 주위 사람들의 반응이 너무 뜨거운 데다가 상황이 이렇게 되자 식은땀을 흘릴 수밖에 없었다.

자신이 알던 가온은 정체를 숨긴 용병이었지만 지금은 전혀 달랐다. 타이탄 전사단도 몇 기 보유하지 못한 베타급 타이탄 라이더이며 20기가 넘는 타이탄 라이더의 수장인 것만 봐도 그의 신분이 예사롭지 않다는 사실을 알려 주고 있었기 때문이다.

눈치가 없다면 용병대를 이끌지도 못한다. 당연히 그가 당황할 수밖에 없었다.

'그저 그런 전사가 아니라 아니테라 시티라는 곳의 전사장이 틀림없어! 나이로 보아서는 시티 수뇌부일 수도 있고.'

그런 전사가 왜 용병으로 등록을 했는지는 알 수 없지만 신분을 드러내기로 마음을 먹은 것 같으니 이젠 자신과 같은 용병과 친분이 있는 사실을 밝힐 리가 없다고 생각했다.

'아니. 친하다고 생각하는 건 나만의 착각일 수도 있지.'

그런데 베릿과 척이 예상하지 못했던 상황이 벌어졌다. 가온이 그들을 알아보고 다가온 것이다.

"베릿, 척, 오랜만이군요. 잘 지냈습니까?"

가온은 에스림 용병대원들에게 미안한 감정이 좀 있었다. 신원 보증을 해 주어 사냥 대회에 참가 신청까지 할 수 있었는데 분신을 만드는 것 때문에 약속을 어겼기 때문이다.

그렇게 인사말을 하면서도 기이한 생각이 들었다.

'풋! 내가 분신인데 본신처럼 생각하고 있네.'

이상한 일이지만 가온은 자신이 분신이라는 생각이 들지 않았다. 오히려 지금 아니테라에서 수련에 매진하고 있는 본신이 분신이고 자신이 본신이라고 강하게 자각하고 있었다.

하지만 그런 이질감은 타의에 의해서 금방 사라졌다.

"온 훈 님 덕분에 살았습니다!"

"저희를 구해 주셔서 정말 감사합니다!"

베릿과 척은 그동안 많이 힘들었는지 눈물까지 흘리며 감사 인사를 해 왔다.

"무사하니 다행입니다. 상한 사람들이 많습니까?"

"아닙니다. 식량이 부족해서 배를 곯기는 했지만 시티에서 구조하러 올 줄 알고 최선을 다했습니다."

다행한 일이다. 상대할 수 없는 적이라고 생각하면 원군이 올 때까지 버티는 것도 훌륭한 전술이다.

그렇게 인사를 나눌 때 다른 에스림 용병대원들이 마른침을 삼키며 다가왔다.

"오! 내게 맛있는 음식을 해 주던 호렌조군요. 괜찮습니까?"

"몇 끼 해 드린 것밖에 없는데 기억해 주셔서 감사합니다. 저는 무사합니다."

가온이 친근하게 먼저 알은척을 하자 망설이던 사람들이 풀어진 얼굴로 인사를 해 왔다.

분위기 조성

용병들도 강행군을 했고 마지막 의뢰에서 최선을 다했기 때문에 적잖이 지친 상황이었기에 가온과 용병 수뇌부는 이곳에서 하룻밤 쉬기로 결정했다.

당장 시티로 귀환할 필요는 없었다. 사냥 대회 참가자들을 포위하고 있었던 웨어울프와 회색늑대 들은 대부분 사냥했기에 가능한 일이었다.

그래서 구출대는 식량을 풀었고 각 용병단에서 취사를 책임졌던 용병들은 미리 피워 둔 모닥불을 간이 화덕으로 옮겨서 먹을 만한 음식을 조리하기 시작했다.

가온은 용병 수뇌부와 함께 있었다. 하지만 이제 그 자리에는 네 명이 아니라 아홉 명이나 되는 사람들이 모여 있었다.

새로 추가된 다섯 명은 용병단의 단장들로 두 명은 알폰소나 아이린처럼 골드급 용병이었다. 베릿도 이 자리에 참석한 상태였다.

"……어떻게든 포위망을 뚫고 나가려고 했지만 포위한 놈들이 얼마나 되는지조차 알 수가 없으니 할 수 없이 인근에서 가장 높은 언덕 위로 올라올 수밖에 없었소."

"그래도 급하게 주위에 널린 돌과 언덕의 나무를 벌목해서 허술하지만 방책을 쌓고 돌아가면서 경계를 선 덕분에 지금까지 살아남을 수 있었습니다."

"그래도 빨리 판단을 내려 농성에 들어갔기에 망정이지 미적거렸다면 각개격파 되어 회색늑대에게 사냥당하는 비참한 신세가 되었을 겁니다."

이곳에서 농성을 했던 용병단장들이 그간의 상황을 설명해 주고 있었다.

"이쪽에 전사들이나 예비 전사들이 많았다면 시티에서 타이탄을 몇 기라도 보내 주었을 겁니다. 그랬다면 이렇게 고생하지 않고 이곳에서 빨리 벗어날 수 있었을 텐데 정말 화가 납니다."

두 번째로 구출한 곳에는 전사나 예비 전사 들이 꽤 있었지만 이곳은 총인원의 1할에도 미치지 못하는 숫자만 있었다. 즉 대부분이 용병이었다.

"타이탄은 고사하고 정보국은 수시로 통신을 했지만 결국 이곳 주위 상황에 대한 정보조차 제대로 알려 주지 않았습니다. 그저 구출대가 갈 테니 기다리라고 하더군요."

"아무리 우리가 용병이라도 어쨌거나 시티의 안전이나 물류 유통에 큰 역할을 하는데 너무한 처사가 아닌가 싶습니다!"

상황을 설명하던 용병단장들은 결국 시티 측의 처사에 대해서 분통을 터트렸다.

"마법사를 보낸다고 들었는데 안 왔나?"

공중 정찰만 가능해도 포위된 사람들의 대응이 쉬워질 것이다.

"그런 내용은 들었지만 오지 않았습니다."

나중에 합류한 용병단장 중 가장 나이가 많아 보이는 구드슨이라는 민머리 장년인이 대답했다.

"뻔하지요. 전사들이 많이 포함된 그룹들부터 지원했을 겁니다."

또 다른 용병단장인 파텔의 말에 다들 인상을 쓰며 고개를 끄덕였다. 시티 측이 용병을 홀대하는 것은 이번만이 아니었다.

"타이탄도 마찬가지일 겁니다. 가장 먼저 동부 쪽부터 정리를 한 후 우리가 다 죽어 가면 그때서야 오겠지요."

"그러기에 예비 전사들을 많이 포함시키자고 했잖소."

"그놈들이 많아지면 분위기가 엉망이 되는데 어떻게 받아?"

"젠장! 우리 용병들도 타이탄을 가져야만 하는데…….."

"맞소. 전사 개인의 역량이야 우리보다 나을 게 전혀 없지. 시티에 소속되었다는 이유로 전사들에게만 타이탄을 배정하는 시티들이 문제요!"

"한마디로 용병은 믿을 수 없다는 거지요. 우리가 여러 시티를 무대로 활동하는 것도 아닌데 전사가 아니라는 이유로 지원 대상에 제외되는 건 정말 부당합니다."

결국 자리는 시티 측에 대한 성토장으로 변해 버렸고 음식이 나올 무렵에야 격앙된 분위기가 조금 가라앉았다.

적당히 식사를 마친 로랑은 자신과 비슷하게 포크를 놓는 가온을 이상한 눈으로 쳐다봤다.

"헌터국의 아는 전사장과 통신을 했는데 이상한 소리를 들었소."

대번에 사람들의 이목이 로랑에게 쏠렸다.

"온 경이 이번 의뢰의 보수로 기가스와 알파급 타이탄을 일정 기간 동안 빌린다는 얘기였소. 맞소?"

로랑의 입장에서 보면 당연히 의아할 수밖에 없었다. 가온은 베타급 타이탄 라이더이자 휘하에 20기나 되는 베타급 타이탄을 운용하는 라이더들을 거느리고 있었기 때문이다.

그런 그가 겨우 기가스와 알파급 타이탄을, 그것도 대여하는 조건으로 이번 의뢰를 수락했으니 그 이유가 너무나 궁금했다.

상급 마정석도 포함되었지만 이쪽이 워낙 파격적이라서 제대로 알려지지 않은 것이다.

그건 로랑의 말을 들은 다른 수뇌들의 반응도 마찬가지였다. 그들에게나 기가스와 알파급 타이탄이 대단한 것이지 가온에게는 별로 중요하지 않을 거라고 생각했기 때문이다.

"음. 여러분만 알고 계십시오."

가온이 그렇게 운을 떼자 좌중이 조용해졌다. 저만한 강자가 분위기를 잡고 꺼낼 말이 너무 궁금한 것이다.

"사실 얼마 전 아이린 단장이 내게 타이탄 구입을 요청한 적이 있습니다."

꿀꺽!

누군가 마른침을 넘기는 소리가 났다.

"그 후 본 시티에 의사 타진을 했습니다. 그 결과 오늘 아침에 베타급은 몰라도 알파급은 판매할 수 있다는 연락을 받았습니다. 기가스는 아직 검토 중이고요."

"오오오!"

"대상이 정해져 있나요?"

아이린이 술이라도 마신 것처럼 상기된 얼굴로 물었다.

"아닙니다."

"그, 그럼 우리 블랙로즈에게 타이탄을 팔아 주실 수 있다는 건가요?"

"그렇습니다. 다만 우리 시티의 타이탄은 현재 보급된 타이탄과 달라서 일단 조사와 연구부터 해서 제원을 비슷하게 맞추려 합니다. 안 그러면 차후에 수리나 정비 과정에 문제가 생길 수 있으니까요."

부품 교체가 가능하도록 맞춘다는 얘기에 사람들은 가온이 왜 그런 조건을 내걸었는지 알 수 있었다.

"아! 그래서 이번 의뢰의 대가를 기가스와 알파급 타이탄을 대여하는 것으로 요구한 거군요!"

"그럼 판매가는 얼마로 하실 건가요? 30만까지는 준비되어 있어요!"

흥분한 아이린이 외치듯 말했다.

30만이라는 단어에 오늘 새로 합류한 용병단장들의 눈이 커졌지만 그 액수보다는 타이탄이 가지고 있는 가치가 훨씬 컸다.

'아공간 전용 카드를 고려한다면 30만 골드도 싸!'

이 자리에 있는 이들은 토벌이 끝난 후 라이더들이 타이탄을 손바닥 안에 들어가는 작은 카드에 수납하는 것을 눈으로 확인했다. 타이탄 전용 아공간 카드가 틀림없었다.

"방금 말했듯 현재 운용되는 타이탄에 대한 연구와 조사가 이루어지지 않았기에 판매가는 아직 결정되지 않았습니다. 다만 판매 방식에 대해서는 시티 측의 결정이 내려졌습니다."

"어떻게 판매를 한다는 건가?"

로랑 또한 흥분을 감추지 못하고 물었다.

사람들의 뜨거운 시선이 가온에게 집중되었다.

"처음으로 제안을 해 준 아이린 단장에게는 30만 골드로 판매를 하고 다른 기체들은 경매 방식으로 판매할 예정입니다."

"끼아아앗!"

"허업!"

아이린은 환호했고 다른 사람들은 헛바람을 토했지만 기대하는 감정만은 숨기질 못했다.

"그, 그럼 우리에게도 판매를 한단 말입니까?"

"낙찰만 받으면요."

"그럼 알펜 시티 쪽은요?"

"경매에 참여해서 낙찰을 받으면 당연히 그쪽이 가져가겠지요."

가온의 대답에 아이린만 싱글벙글할 뿐 다른 사람들은 심각한 얼굴로 잠시 침묵을 지켰다.

하지만 그들의 머릿속은 무섭게 돌아가고 있었다.

'경매라······.'

처음 제안했다는 이유만으로 알파급 타이탄 1기를 확보한 아이린이 부럽기는 했지만 그건 이미 떠난 마차였다. 자신들은 어떻게든 경매를 통해서 타이탄을 구매하는 수밖에 없었다.

그때 로랑이 심각한 얼굴로 입을 열었다.

"경매 방식으로 판매한다면 처음 나올 수량은 얼마나 되겠소?"

로랑은 더 이상 가온에게 하대를 하지 않았다. 하지 않는 것이 아니라 못했다. 용병길드의 지부장인 그가 판단하기로 가온은 앞으로 용병길드의 큰 은인이 될 것 같았기 때문이다.

"아까 말했듯 현재 운용되고 있는 타이탄에 대한 조사와 연구가 선행되어야 하겠지만 현재 우리 시티의 역량으로는 일단 10기의 알파급 타이탄을 판매할 수 있습니다. 달리 판매처가 있는 것은 아니니 전량 알펜 시티를 대상으로 판매하겠지요."

경매로 나올 타이탄이 무려 10기라는 말에 사람들의 안색이 밝아졌다. 그 정도 수량이 풀린다면 말도 안 되는 금액에 낙찰되지는 않을 가능성이 높았다.

'전용 아공간 카드까지 있는 타이탄이야! 앞으로 한 달 동안 어떻게든 골드를 확보해야 해!'

모두의 머릿속에 떠오른 결론이었다.

'일단 질러야 해!'

만약 현재 타이탄들을 생산하고 있는 마탑들이나 타이탄

확보에 열을 올리고 있는 시티들이 이 사실을 알게 되면 어떤 일이 생길지 알 수 없었다. 그 전에 타이탄을 확보해야만 했다.

타이탄은 엄청난 전력이다. 알파급이라고 해도 체고가 무려 5미터가 넘고 익스퍼트급이 아니더라도 마나를 증폭해서 사용하면 트롤과 같은 거대 몬스터를 상대하는 것도 가능하다.

'이 사실에 세상에 알려지면 난리가 나겠군.'

로랑을 위시한 용병단 단장들은 깊은 의미가 담긴 눈빛을 교환했다.

'우리끼리만 이 사실을 공유하자!'

첫 경매까지만이라도 이 사실을 비밀로 해야만 이 중 일부가 알파급 타이탄을 확보할 수 있고 그것은 장차 용병들의 지위 향상으로 이어질 거란 사실을 다들 알고 있었다.

가온은 먼저 엘프족은 모두 아니테라로 돌려보냈다. 굳이 그들까지 동행할 필요는 없었기 때문이다. 사람들은 가온이 그들에게 다른 명령을 내렸다고 생각해서 전혀 이상하게 여기지 않았다.

그렇게 세 의뢰를 완수한 가온 일행은 마지막으로 구출한 사람들을 대동하고 함께 시티로 귀환했다.

워낙 많은 사람들이 한꺼번에 입성(入城)하다 보니 외성 구역은 시끌벅적했다. 사냥 대회 동안 적막했던 여관과 술집 거리는 사람들로 가득해졌고 대낮부터 술판이 벌어졌다.

물론 가온은 그곳에 없었다. 용병길드 사무소에서 의뢰 완수에 따른 보수를 지급받기 위해서 시티에서 나올 관리를 기다리고 있었다.

그런데 전혀 예상하지 않았던 인물이 나타났다.

"가리엘 전사장께서 웬일이십니까?"

놀랍게도 시티에서 용병길드에 의뢰한 건에 대한 처리를 가리엘 전사장이 맡았다고 했다.

"성주께서 온 경에 대한 일을 제가 맡으라고 친히 명령을 내렸습니다."

"하하하. 제가 뭐라고요."

"아니지요. 정말 대단합니다. 온 경이 나서 준 덕분에 성서부와 북부의 웨어울프를 대부분 정리했고 웨어울프의 본거지였던 던전까지 해결되었습니다. 저 역시 알펜 시티를 아끼고 사랑하는 전사의 한 명으로 온 경께 감사와 경의를 드립니다."

그렇게 인정해 준다면 가온에게는 고마운 일이다.

"그럼 갈까요?"

가온은 일에 대한 대가로 기가스와 알파급 타이탄을 일정 기간 대여받기로 했다. 그러니 타이탄 전사단 본부로 가야만 할 것이다.

"먼저 시청에 들러야 할 것 같습니다."

"시청요?"

"네. 성주께서 기다리고 계십니다."

"왜 성주께서 절?"

"고마움을 표시하려는 거 아니겠습니까."

그럴 수도 있기는 한데 왠지 그것만은 아닐 것 같았다. 하지만 가온이 굳이 피할 만남도 아니다.

'타이탄을 판매하는 일 때문이라도 알펜 시티의 요인들과 인맥을 만들었으면 했는데 잘됐네.'

용병들만 대상으로 타이탄을 판매할 것이 아니기에 더욱 그랬다. 자고로 경매는 참여하는 이가 많아야 낙찰가가 올라가는 법이다.

접객실로 추정되는 큰방에서 처음 본 시장의 첫인상은 미남이지만 수더분하다는 것이다.

"만나서 반갑네. 우리 시티를 위해 애써 주어서 고맙네."

어떻게 인사를 할지 잠시 고민을 하는데 먼저 다가와서 덥석 손을 잡고 감사의 말부터 한다.

"별말씀을요. 할 일을 했을 뿐입니다."

"아니야. 자네와 타이탄 라이더들이 나서 준 덕분에 광산들이 있는 동부 지역에 전력을 투사할 수 있게 되었어."

이렇게까지 나오는 것을 보면 동부 지역의 상황이 별로 좋지 않았던 모양이다.

"이쪽으로 오지. 내 소개해 줄 사람이 있네."

시장이 손을 끌고 직접 테이블까지 안내했는데 소파에는
두 명이 앉아 있었다.

'한 명은 마법사이고 다른 한 명은, 혹시 시장의 첫째 영애
인가?'

맑고 강렬한 눈빛과 잘 다듬은 긴 흰 수염이 인상적인 노
인과 소녀, 아니 스무 살 정도의 아가씨였다. 그리고 그 아가
씨는 콧날이나 눈매가 시장과 비슷했는데 큰 눈에는 총기가
가득했다.

"이쪽은 우리 알펜 마탑의 타흐랄 부탑주이시네. 그리고
이쪽은 내 장녀 소리엔이네."

"만나서 반갑습니다. 온 훈이라고 합니다."

굳이 용병이라고 소개할 필요는 없어 간단하게 이름만 밝
혔지만 왼손을 가슴에 대면서 한쪽 무릎을 살짝 굽히는 예
법을 구사했기에 상대방에게 무례하다는 인상을 주지는 않
았다.

"준수한 외모도 그렇지만 깊은 눈빛이 아주 인상적이군.
마법사인 타흐랄이네."

"지난번에 제 동생들을 구해 주셨다지요. 이렇게 감사할
수 있는 기회가 빨리 올 줄은 몰랐어요. 소리엔 테이번이라
고 해요."

원래 호기심이 많은 마법사인 만큼 타흐랄의 강렬한 눈빛은 이해가 갔지만 영인(影人)의 대다수를 차지했던 엘프족의 피가 이어졌는지 차가워 보이는 인상을 가진 미인인 소리엔도 자신을 뚫어지게 쳐다보는 것은 좀 이상했다.

"자, 일단 앉지."

상석에 앉은 시장의 권유에 가온이 두 사람의 맞은편에 앉자 미리 준비가 되어 있었는지 시녀들이 차를 내왔다.

"일단 이것부터 받아 두시게."

가온이 찻잔에 손을 대기 전에 시장은 옆에 있는 협탁 서랍을 열더니 꽤 무게가 나갈 것 같은 크기의 패를 꺼내더니 그가 있는 쪽으로 내밀었다.

"이건?"

"자네의 활약 덕분에 세 곳에서 구출한 이들이 모두 무사하기에 감사의 마음을 담아서 만들라고 지시했네."

들어서 보니 패의 양쪽 면에는 검과 도끼를 양손에 쥔 곰이 새겨져 있었다.

"우리 알펜 시티에 큰 은혜를 베푼 은인에게 드리는 일종의 보은패(報恩牌)예요. 테이번 가문의 인장이나 다름없기 때문에 성주 일가를 비롯한 극소수만 출입할 수 있는 장소 몇 곳을 제외하고는 어디든 들어갈 수 있으며 성내에서 구입하는 모든 물품을 절반 가격에 구입하실 수 있어요."

단순한 보은패로 그치는 것이 아니라 신분패의 역할까지

하는 모양이다.

"감사합니다. 잘 쓰겠습니다."

추가 보상치고는 꽤 괜찮았다. 다른 건 몰라도 이곳은 광산이 많아서 그런지 무구들이 아주 풍부했다.

'이 기회에 이 세상의 무기를 좀 쇼핑해야겠다. 그런데 이런 거라면 그냥 전해 주어도 되는데.'

가온은 그런 생각을 하면서 차를 한 모금 마셨다.

그때였다.

"그런데 도저히 궁금해서 안 되겠습니다."

그렇게 시장을 향해 양해를 구한 타흐랄이 가온을 쳐다보며 입을 열었다.

"아니테라 시티에서 독자적인 타이탄을 제작할 수 있다고 들었소."

시장을 쳐다보니 그 역시 흥미로운 얼굴로 주시하고 있었다.

"그렇습니다. 타이탄과 관련된 고대 유물을 발굴한 것은 대략 100여 년 전이었지만 복원 과정에서 타이탄을 제작하기 시작한 것은 대략 20년 정도 되었습니다. 지금도 조금씩 개량을 하고 있고요."

"설마 감마급도 생산할 수 있나?"

"시제품은 나왔지만 출력이 떨어져서 개량 중에 있습니다. 제대로 가동하려면 시간이 더 필요할 것 같습니다. 현재까지 제작할 수 있는 건 베타급까지입니다."

"혹시 베타급 타이탄을 잠시 살펴볼 수 있겠나?"

가온은 고개를 저었다. 잠시 보여 주는 것은 상관이 없는데 이 마법사라는 족속들은 의문이 풀릴 때까지 다시 돌려줄 리가 없었기 때문이다. 돌려받는다고 하더라도 제대로 복원할 리가 없었다.

하지만 포기를 모르는 마법사답게 일이 그렇게 마무리되지 않았다.

"아주 잠깐이면 되는데요. 디자인이 그렇게 유려하다고 하던데 외관만 확인할게요."

시장 영애가 화사한 웃음을 지으면서 부탁을 해 왔는데 아무래도 마법을 배우는 모양이다.

"저는 기가스 한 기와 알파급 타이탄 한 기를 일주일 임대하기 위해서 세 곳에 고립된 사람들을 구출해야 했습니다. 그 과정에서 베타급 타이탄 20기를 여섯 번이나 운용해야 했고요."

가온의 말에 타흐랄이나 소리엔은 곤혹스러운 얼굴로 더 이상 말을 잇지 못했다.

베타급 타이탄 20기를 여섯 번 운용하려면 무려 1,200개에 달하는 상급 마정석이 있어야만 한다.

아무리 충전이 가능하다고 해도 상급 마정석의 가치를 고려하면 알파급 타이탄을 겨우 일주일 임대하는 데 얼마나 천문학적인 비용이 소요되었는지 알 수 있었다.

"하하하. 숙부님, 그래서 내가 무리라고 하지 않았습니까? 당장 타이탄을 생산하는 마탑들의 보안이 얼마나 강력한지 잘 아시면서 그런 부탁을 하십니까?"

시장이 하는 말을 들어 보니 타흐랄 부탑주는 테이번 가문 출신인 모양이다.

"하아! 무례를 용서하게. 우리 알펜 마탑도 다른 대다수 마탑들처럼 타이탄 제작이 숙원이라서 말이네."

예상했던 바였다. 타흐랄은 말은 그렇게 하면서도 타이탄에 대한 호기심과 욕심을 버리지 못하는 얼굴이었다.

"그럼 저희 시티에게 타이탄을 팔아 주시면 안 될까요?"

갑자기 끼어든 소리엔의 말에 가온이 잠시 숙고하는 얼굴이 되자 시장과 타흐랄 부탑주의 얼굴이 변했다.

"사실 조만간에 알파급 타이탄을 판매할 계획은 하고 있습니다."

"……."

이런 대답을 전혀 예상하지 못했던 세 사람의 입이 떡 벌어졌다. 이건 타이탄을 제작할 수 있는 기술을 보유하고 있는 마탑들이 담합하고 있는 현 상황에서는 일어날 수 없는 일이었기 때문이다.

"타, 타이탄을 판매한단 말인가요?"

얼마나 놀랐는지 소리엔이 자리에서 일어나며 물었다.

"그렇습니다. 그동안 생산한 타이탄으로 우리 시티 주위의 마수와 몬스터를 모두 쓸어버려서 이제 여유가 생겼거든요. 그동안 투입된 천문학적 자금으로 인해서 시티 재정이 완전히 망가졌으니 타이탄을 판매해서라도 다시 살려야지요."

"그, 그런데 왜 타이탄을 빌리겠다고?"

당연히 나올 수밖에 없는 질문이었다.

"우리 시티의 마탑과 타이탄 공방에서 요구한 일입니다. 우리가 제작한 타이탄과 비교를 해 보고 개량할 부분이 있다면 참고할 목적으로 요구한 것으로 알고 있습니다. 나중에 부품 교체를 할 때 호환성도 고려하지 않을 수 없고요."

현재 타이탄을 생산하는 마탑들, 일명 열두 마녀라고 불리는 곳들은 약속이나 한 것처럼 같은 규격의 부품을 사용하고 있었다. 그러니 부품 교체도 염두에 둘 수밖에 없었다.

"해체하면 안 되네. 알고 있을지 모르겠지만 열두 마녀에서 생산한 타이탄은 철저한 보안 장치가 설치되어 있어 해체하는 순간 엉망이 되어 버리네."

딸이 질문하는 동안 눈을 굴리며 깊은 생각에 잠겨 있는 것 같던 시장이 말했다.

"후판의 규격과 같은 외부적인 요소를 참고하려는 것이니 그건 걱정하지 않으셔도 됩니다."

"그런 이유라면 왜 베타급 타이탄까지 함께 요구하지 않았나?"

"베타급은 판매할 생각이 없으니까요. 원래 우리가 얻은 타이탄 설계도는 베타급이었습니다."

"그럼 알파급은?"

"연구를 하다가 나온 결과입니다."

현재 타이탄을 판매하는 열두 마탑들도 비슷한 유물들을 바탕으로 제작을 했기에 베타급은 비슷할 수 있지만 알파급은 현재 운용하고 있는 기체들과는 전혀 다르다는 의미였다.

가온의 대답을 들은 시장은 타흐랄 마법사와 눈빛을 교환하더니 입을 열었다.

"어떤 조건으로 타이탄을 판매하길 원하나?"

"경매 방식으로 판매를 하려고 합니다."

"경매?"

시장과 타흐랄은 이해가 가지 않았다. 시티를 대상으로 판매할 것이라면 자신과 교섭을 해야 하는데 무슨 경매란 말인가?

"용병들 중에서 타이탄 구매를 원하는 이들이 있더군요."

"용병들에게도 판매하겠단 말인가?"

세 사람의 눈이 커졌다.

"그렇습니다."

"타이탄은 굉장히 중요한 전략 무기네. 그런 무기는 수많은 시민들의 목숨과 안전을 책임져야 할 시티에서 관리해야만 하네."

"기존에 타이탄을 판매하는 열두 마녀도 이 소식을 들으면 가만히 있지 않을 것이오. 그들도 아무 생각 없이 시티를 대상으로 타이탄을 판매하는 것이 아니라는 말이오."

예상대로 시장과 타흐랄은 나름 타당하다고 믿고 있는 바를 드러냈다.

"저는 이곳 사람이 아니라 아니테라 출신입니다. 이곳에 오래 머물 생각도 없고요. 내가 아는 것은 우리 시티의 경우 전사는 물론이고 원하면 사냥을 나가는 헌터들에게도 타이탄을 지원했고, 그 덕분에 오랫동안 우리 시티 주민들의 생명과 안전을 위협했던 마수와 몬스터 들을 모조리 토벌할 수 있었다는 겁니다. 게다가 우리 시티는 이곳에서 석 달은 가야만 하는 거리에, 그것도 이제까지 그 어떤 모험가도 찾지 못한 곳에 있지요."

"그, 그게……"

"처음 이곳에 왔을 때 자유로운 활동을 위해서 용병으로 등록을 했습니다. 그리고 의뢰를 수행하면서 느낀 점은 용병들의 무력이 너무 낮다는 것이었습니다. 어쨌거나 용병들은 타 시티와의 교역에서 아주 중요한 역할을 수행하는 데도 타이탄이 없어 본신의 전투력만으로 움직이고 있더군요. 이건 좀 불합리하다고 생각합니다. 다른 시티를 돌아다니면서 활동하는 것도 아니고 한 시티에서 거의 평생에 걸쳐 활동하는

데 굳이 전사들에게만 타이탄을 지급할 필요는 없는 것 같습니다."

말을 하다 보니 새롭게 깨닫게 되는 것도 있었다.

'그래! 용병들에게 타이탄을 널리 보급하는 것이 차원 의뢰를 완수하는 데 큰 도움이 될 수 있겠어.'

가온의 말에 세 사람의 눈알이 정신없이 움직인다.

그들 중 가장 충격을 받은 것은 바로 시장이었다.

'일리가 있어!'

집중적인 지원을 받으면서 평생 수련에만 매진해 온 전사들만 강한 것이 아니다. 돈을 위해 목숨을 걸고 온갖 궂은일을 해 온 용병 중에서도 일부는 전사장에 필적할 정도의 강자들이 있었다.

'아니, 경험이 많아서 실전 능력은 더 뛰어나지.'

시장도 정보국의 보고를 통해서 실버 등급의 용병 절반 정도는 전사장에 해당하는 실력을 가지고 있다고 파악하고 있었다.

심지어 몇 년 전에 은퇴한 용병 한 명은 플래티넘 등급으로 현재 성의 호위 전사들을 이끌고 있는 바란테스 경처럼 소드마스터였다.

만약 그런 강자들이 타이탄 라이더가 된다면 평소는 물론이고 주기적으로 발생하는 몬스터 웨이브 사태도 큰 피해를 입지 않고 막을 수 있었다.

이제까지 충성을 담보할 수 없어서 생각조차 하지 않았을 뿐 용병들이 타이탄을 보유하는 것이 성의 입장에서 보면 많은 이득이 있었다.

'더구나 용병들의 타이탄은 시티 측에서 구입하는 것도 아니니 거액의 자금이 투입될 필요도 없지.'

그렇게 생각을 하니 용병들이 타이탄을 보유했을 경우의 장점이 하나둘이 아니었다.

먼저 타이탄을 보유한 용병들이 상행을 호위한다면 가치에 비해서 부피가 커서 텔레포트 마법진을 이용할 수 없는 의류나 이곳에서는 재배할 수 없는 곡물과 과일 등 다양한 식재료 등을 현재보다 훨씬 자주 들여올 수 있었다.

아니, 이곳에서는 흔한 철광석과 같은 물품들도 인근에 있는 다른 시티로 판매하기도 용이했다.

지금이야 상행이 워낙 위험해서 경비가 높기 때문에 물가가 높을 수밖에 없지만 타이탄을 보유한 용병들이 상행을 호위하기 시작하면 주민의 삶에 직결되는 수많은 생필품의 가격을 낮출 수도 있었다.

그뿐만이 아니다. 뛰어난 실력의 용병들이 타이탄을 보유하게 되면 자진해서 트롤처럼 돈이 되는 마수와 몬스터를 사냥하거나 던전까지 공략하게 될 것이다.

몇 년에 한 번씩 발생하는 몬스터 웨이브 상황에서도 용병들이 중요한 역할을 수행할 수 있었다.

상급 마정석이 비싸기는 하지만 시간이 흐르면 자연적으로 충전이 되기 때문에 자금력이 있는 용병단들은 충분히 타이탄을 운용할 수 있었다.

사실 시장도 꾸준히 타이탄을 구입하고 있기는 하지만 담합한 마탑들이 타이탄 판매를 제한할 뿐 아니라 조정을 하고 있어서 여력이 있음에도 구입할 여력이 충분함에도 구하지 못하는 것이다.

"뭐 알펜 시티에서 용병이 참여하는 경매를 허가하지 않는다면 다른 시티를 알아보겠습니다. 동일한 임무를 받고 시티를 나온 일행도 저처럼 다른 시티에 용병으로 자리를 잡았다고 하니 문제는 없을 겁니다."

"그건 아니네!"

가온의 단호함이 깃든 말에 시장이 서둘러 말하면 타흐랄 마법사를 쳐다봤다.

서로 마주 본 두 사람은 아니테라 시티로부터 가온이 받은 임무가 타이탄 판매 건임을 확신했다.

'이건 우리 시티로서는 기회다!'

다른 시티들처럼 타이탄 확보에 목이 마른 알펜 시티로서는 거금과 인력 그리고 시간을 들여서 로비를 하지도 않았는데 보물이 넝쿨째 들어온 것이다.

"나는 그저 용병에게도 타이탄을 구입할 수 있는 일종의 권리를 준다는 것이 너무 생소해서 놀란 것뿐이네. 당연히 경매는 우리 시티에서 열려야지."

시장은 마음이 급해졌다.

가온이 언급한 다른 시티라면 필경 라치온 시티일 것이다. 라치온은 알펜에서 말로 두 달 거리에 있는 시티 중 하나로 서른 개 정도의 시티에 지부를 둔 용병길드 본부가 있었다.

주위 환경이 좋지 않아서 알펜 시티에 비해서 절반밖에 안 되는 규모지만 용병과 관련된 시설이나 지원이 많아서 인근 시티에서 활동하는 용병들은 라치온 시티를 고향처럼 여겼다.

만약 가온이 용병길드의 본부가 위치한 라치온 시티의 존재를 알게 된다면 필경 그쪽으로 기회가 넘어갈 가능성이 높았다.

"그리고 경매 이전에 가장 먼저 자신에게 타이탄을 팔아 달라는 용병이 있어서 1기는 그분에게 팔기로 했습니다."

"그 용병이 누군가?"

"블루로즈 용병단의 단장인 아이린입니다."

들어 본 이름인지 세 사람 모두 작게 고개를 끄덕였다.

"얼마에 팔 생각인가?"

"30만 골드로 얘기를 맞추었습니다."

가온이 아이린에게 타이탄 1기를 팔기로 한 이유는 그녀가 타이탄 판매를 언급해서가 아니다.

'앞으로 열릴 경매의 최소 낙찰가가 그 정도는 되겠지.'

아직도 30만 골드의 가치를 정확하게 알지 못하지만 그 정도는 받아야 한다고 생각했다.

하지만 금액을 들은 세 사람이 경악하는 것을 보니 달리 생각하는 모양이다.

"그 가격은 현재 알파급 타이탄의 판매가의 거의 두 배에 달해요!"

당장 소리엔부터 말도 안 된다는 얼굴이었지만 같은 반응을 보일 거라고 생각했던 타흐랄은 순간 눈을 빛내는가 싶더니 고개를 끄덕였다.

"아니테라의 타이탄은 전용 아공간 카드가 있다고 들었는데, 맞소?"

"그렇습니다."

"그럼 최소 10만 골드는 그것에 대한 가격이겠군."

그 부분은 잘 모르기에 굳이 대답을 하지 않았지만 시장과 소리엔은 이제야 알 것 같다는 얼굴이 되었다.

현재처럼 대형 아공간 아이템을 이용하지 않으면 대형 마차로 실어 날라야만 하는 알파급 타이탄이기에 사용에 한계가 있었다.

그런데 전용 아공간 카드가 있다면 그런 제약이 사라지니 활용도가 크게 높아진다. 당연히 10만 골드를 넘는 가치가 있는 것이다.

"하긴. 열두 마녀 측도 수십 년간 연구만 해 왔지 아직 개발하지 못한 아이템이니까."

"언제 어느 곳에서도 타이탄을 소환할 수 있다는 점을 고려하면 10만 골드라고 해도 충분히 이해할 수 있네."

"그래도 최상급 아공간 주머니는 시세가 5만 골드 정도인 점을 고려하면 좀 비싼 것 같아요."

"그건 네가 잘못 알고 있는 것이다. 소리엔, 최상급 아공간 주머니는 1년에 겨우 두세 개만 풀린단다. 우리 시티도 주문을 했지만 언제 차례가 올지 알 수 없을 정도로 희귀한 아이템이지."

돈이 있어도 살 수 없다는 소리다.

"그럼 우리 시티가 보유한 베타급 타이탄도 전용 아공간 카드를 사용할 수 있나요?"

소리엔의 질문에 시장이 놀란 얼굴로 가온을 쳐다봤다. 물론 두 사람의 대화를 듣던 타흘라도 마찬가지였다.

사실 이건 굉장히 중요했다. 알파급 타이탄과 달리 트롤이나 오우거도 단독으로 상대할 수 있는 베타급 타이탄을 전용 아공간에 보관할 수 있게 된다면 타이탄 라이더의 전력이 몇 배는 높아지는 효과가 있었기 때문이다.

현재까지는 수납할 수 있는 아공간 아이템이 없어서 몬스터 웨이브가 발생할 때나 성 가까이 위험한 마수나 몬스터가 나타났을 때만 출동하는 베타급 타이탄을 멀리 떨어진 곳에서도 사용할 수 있다는 얘기이니 말이다.

당장 시티가 보유하고 있는 베타급 타이탄들은 이동 문제로 인해서 알펜 시티 입장에서는 굉장히 위험한 상황임에도 불구하고 타이탄 격납고에 서서 먼지만 쌓이고 있었다.

가온이 이번 웨어울프 사태를 해결하는 데 지대한 공로를 세운 것도 베타급 타이탄의 엄청난 진력 덕분이다. 그리고 그 이면에는 베타급 타이탄을 수납할 수 있는 전용 아공간 카드가 자리하고 있었다.

"시티 측에 문의를 해 보겠지만 타이탄 내부에 대응 마법진을 새겨야 하는 등 여러 가지 문제가 있기 때문에 전용 아공간 카드의 판매는 당분간 어려울 것 같습니다."

가온의 대답에 세 사람은 실망했지만 이해할 수는 있었다.

'이렇게 되면 30만이라고 해도 전혀 비싸지 않아.'

베타급이 아닌 알파급이라도 전용 아공간 카드가 있으면 타이탄의 활용도가 엄청나게 높아진다.

'40만이라도 구입해야 해!'

욕심이 났다. 잘만 하면 새로 얻을 알파급 타이탄들을 이용해서 시티 주위를 안전지대로 만들고 사람들을 끌어들여서 메가시티를 만든 주인들처럼 될 수 있었다.

'용병들이 타이탄을 구입해도 상관없어!'

의뢰를 하면 된다. 예컨대 전사들에게 위험한 거대 몬스터의 토벌처럼 타이탄의 전력을 제대로 사용할 수 있는 의뢰를 말이다. 그럼 한 번에 거금을 쓰지 않고도 시티의 전력을 극

대화시킬 수 있었다.

"일단 경매장은 본 성에도 있으니 거기를 이용하게. 일정이 정해지는 대로 시청에 사람을 보내 알려 주게. 경매는 수수료 없이 우리 시티 측에서 주관해서 진행하도록 하지. 그리고 타이탄 전사단에 가면 준비해 놓은 기가스와 타이탄이 있을 것이네. 타이탄은 내가 가끔 탑승하는 기체이니 조심스럽게만 다뤄 주게나."

안 그래도 마음이 급했는데 잘됐다.

"그럼 언제 경매를 열 생각이신가요?"

시장이 혼자만의 생각에 잠겨 있는 사이에 소리엔이 물었다.

"아니테라에 다녀오는 것은 마법진을 이용할 생각이니 닷새 후면 되지 않을까 생각합니다."

"그렇게 빨리요?"

"그렇습니다. 이번 경매에 내놓을 타이탄은 우리 시티가 독자적으로 개발한 것이고 재고가 있습니다."

"하아! 경매를 하기 전에 아니테라의 알파급 타이탄을 구경할 수 있겠소?"

시장은 마음 같아서는 경매가 아니라 알펜 시에서 모두 구입하고 싶었지만 그럴 수는 없으니 일단 먼저 아니테라에서 제작한 알파급 타이탄에 대해서 알아보는 시간을 가졌으면 좋겠다고 생각했다.

'만약 아니테라의 타이탄이 열두 마녀 측이 판매하는 것보다 우수하다면 시 재정은 물론 가문의 비자금을 모조리 동원해서라도 낙찰을 받아야 해!'

하지만 가온도 이 부분에 대해서는 생각해 본 복안이 있었다.

"그건 어렵지 않습니다. 경매에 앞서 시연을 할 예정이니까요."

그때 지금 유통되는 타이탄에 비해서 확실하게 우월하다는 것이 증명되면 경매 분위기는 자연스럽게 뜨거워질 것이다.

"알겠네. 그럼 그날이 오길 고대하지."

그렇게 가온과 시장과의 만남은 아이테르 차원을 발칵 뒤집어 놓는 거대한 흐름의 마중물이 되었다.

가온은 시장과의 만남을 가진 직후 타흐랄과 따로 자리를 가졌다. 그리 강력하게 주장하거나 부탁하지 않았음에도 따로 얘기를 하고 싶다는 말에 그가 흔쾌하게 응했기 때문이다.

"왜 따로 보자고 했소?"

"여쭙고 싶은 일이 있어서요."

"말해 보시오."

"혹시 차원 융합에 대해서 알고 계십니까?"

"당연히 알고 있소. 차원 융합으로 인해서 타 차원의 일부가 우리 세상에 융합되는 과정에서 던전이 생성된다는 건 이젠 상식에 가까울 정도로 널리 알려졌고⋯⋯."

"그럼 차원 융합을 막으려면 어떻게 해야 할까요?"

"그건 밝혀지지 않았소. 던전의 핵인 차원석에 대한 연구 또한 아직 유의미한 결과가 나오지 않았고."

차원 융합을 막기 위해서 던전을 모조리 공략해야 한다는 상식적인 얘기가 나올 줄 알았더니 그건 아니었다.

"세상에 존재하는 던전을 모조리 공략하면 어떨까요?"

"허허허. 던전이 발견된 초기에는 그런 생각을 하는 이들이 많았소. 그래서 당시 존재하던 제국과 왕국들이 정예들을 투입해서 던전을 공략했고."

"실패한 겁니까?"

"당연하지 않겠소. 어떤 던전은 공략을 하면 영원히 소멸되지만 어떤 던전은 최대 100번이나 연속해서 공략을 해야 소멸이 되는 데다가 아무리 정예라고 해도 그 많은 던전을 모두 소멸시킬 정도의 역량은 없었소. 또한 인적이 닿지 않는 곳에서 생성되는 던전의 경우에는 아예 발견도 되지 않으니 처리할 방도도 없고."

이곳의 던전도 탄 차원의 던전처럼 소멸 조건이 각기 달랐다.

"그래서 마법사들은 차원석에 주목했소. 차원석이 생성되는 이유나 원인을 제대로 파악한다면 던전의 생성이나 소멸에 대한 효과적인 방안을 마련할 수 있었으니까. 그런데 던전들을 공략하는 과정에서 이 세상에는 존재하지 않거나 혹은 극소량만 존재하는 유용한 물질들을 발견하는 사례가 증가하면서 사람들의 인식이 바뀌었소."

"어떻게 말입니까?"

"위험한 마수나 몬스터가 서식하는 던전은 소멸을 목표로 공략하고 그렇지 않은 던전은 관리하는 것을 목표로 말이오. 그런데 돈이 되는 던전들이 각광을 받기 시작하면서 그렇지 않은 던전들은 방치되었고, 결국 던전 브레이크가 연쇄적으로 발생하고 말았소. 곧 인간의 능력으로 어찌할 수 없을 정도로 세상은 마수와 몬스터 들이 들끓게 되었고 마침 나타난 영인들의 도움으로 성을 건설해서 국가가 아닌 시티로 생존을 도모할 수밖에 없게 되었소."

이전에 가온이 아는 얘기보다는 좀 더 깊었지만 예상에서 벗어난 내용은 없었다.

"그럼 차원 융합을 막는 다른 방법에 대한 연구는 없었던 겁니까?"

"그렇소. 차원석에 대해서는 일부 마탑들이 아직 연구를 계속하고 있지만 딱히 나온 결과는 없소. 차원석을 이용하는 방법에 대한 연구도 지지부진하고."

타흐랄의 말을 여기까지 들은 가온은 현자와 같은 이를 찾는 일은 포기하기로 했다. 마탑의 부탑주인 타흐랄보다 더 깊이 아는 이들도 있겠지만 크게 다를 것 같지는 않았다.

나름 기대를 했는데 실망이 컸다.

이렇게 되면 타 차원과의 융합을 막는 의뢰를 완수할 수 있는 유일한 방법은 압도적인 무력을 바탕으로 던전들을 빠르게 소멸시키는 방법밖에 없었다.

다만 그러려면 세상에 존재하는 던전의 위치를 파악하는 것과 실시간으로 생성되는 던전을 파악할 수 있는 획기적인 방안이 필요했다.

본격적인 타이탄 생산

시티 측으로부터 기가스와 알파급 타이탄 한 기씩을 받은 가온은 아공간 주머니에 넣는 척하면서 바로 아니테라의 타이탄 제조창으로 보냈다.

그리고 잠깐 용병길드 지부에 들러서 분위기를 살펴본 후에 아니테라로 건너갔다. 물론 그가 도착한 곳은 타이탄 제조창이었다.

"기가스도 그렇지만 알파급도 생각보다 허접했어요."

─제 생각도 그렇습니다. 특히 타이탄의 경우 증폭한 마나가 흐르는 회로를 이딴 식으로 설계해 놓다니 정말 수준이 많이 떨어집니다. 마나 증폭진만 쓸 만합니다.

도착하자마자 그를 맞이하는 벼리와 파넬이 부정적인 의

견을 토로했다.

가온이 아니테라에 도착하기 이전에 보내 놓았던 알파급 타이탄은 이미 낱낱이 분해가 되어 있는 상태였다.

"다시 조립할 수 있는 거지?"

"네, 오빠. 보안 장치의 수준이 낮아서 가능해요."

"그런데 그렇게 수준이 낮아?"

"처음 타이탄을 개발한 문명은 마법 분야가 발달하지 못해서 그런지 마법진의 수준도 낮고 마나 회로에 해당하는 시스템에 대한 지식이나 기술 수준도 낮아서 상급 마정석을 사용하는 것치고는 효율이 너무 안 좋아요. 파넬이 지적한 대로 마나가 흐르는 회로 부분이 허접해서 낭비되는 마나가 엄청나요."

"그럼 문제인데……."

"뭐가요?"

"아이테르 차원에 판매할 알파급 타이탄은 이것보다 대략 1할 정도 높은 전투력을 발휘할 수 있는 정도면 되거든."

너무 높은 사양의 타이탄을 팔면 그것대로 문제가 된다. 굳이 이름을 알리거나 큰돈을 벌려는 목적이 아닌 것이다.

'현재 타이탄을 생산하는 마탑들이 암중에 협력이나 공동 개발을 제의할 정도의 기술력만 보여 주면 돼.'

현격한 차이가 나는 타이탄을 판매한다면 질시만 더 받을 뿐이다. 질시 정도라면 모르지만 그동안 담합해서 돈을 쓸어

담는 것은 물론 시티들에게 막강한 영향력을 행사하던 마탑들이 그를 살해하기 위해 암살자들을 대거 보낼지도 모른다.

"오빠의 말대로 다운그레이드를 할 경우 굳이 상급 마정석을 사용할 필요가 없을 것 같아요."

-벼리의 말이 맞습니다. 마나 회로만 조금 수정해도 중급 마정석으로 충분히 주인님이 원하는 전투력을 발휘할 수 있습니다.

'그게 정말이야?'

-네. 중급 마정석을 사용해도 전투력을 2할 정도는 상향시킬 수 있습니다.

벼리와 파텔의 의견을 차례로 들은 가온의 얼굴에 환한 미소가 떠올랐다.

'상급 마정석이 아니라 중급 마정석으로도 현재 타이탄보다 2할 이상의 전투력을 발휘할 수 있다는 사실이 알려지면 아이테르 차원에 난리가 났겠네.'

방금 전까지만 해도 담합한 마탑들의 분노와 질시를 의식했던 가온이었지만 생각이 바뀌었다.

'어쩌면 내 의뢰를 완수하기 위한 가장 효과적인 방법이 중급 마정석을 구동원으로 하는 타이탄의 대규모 판매일 수도 있겠네.'

알파급 타이탄의 구동원이 상급이 아니라 중급 마정석으로 바뀌게 되면 다른 등급은 몰라도 알파급 타이탄의 기동

빈도는 크게 올라갈 것이다.

중급 마정석은 웨어울프나 오크 전사 정도의 몬스터를 사냥하면 얻을 수 있다. 상급 마정석을 확보하기 위해서 트롤이나 오우거와 같은 위험한 몬스터를 사냥하지 않아도 되는 것이다.

중급 마정석을 사용하면서도 전투력이 기존의 타이탄보다 더 높은 알파급 타이탄의 숫자가 급증하게 되면 시티들은 넘치는 전력을 수성 혹은 방어가 아니라 시티 밖을 향해 투사할 것이다.

만약 용병들이 타이탄을 대거 보유하게 되면 틀림없이 적극적으로 던전을 공략하게 될 것이다.

그건 당연한 일이다. 중급 마정석을 품은 마수나 몬스터가 가장 많은 곳이 바로 던전이기 때문이다.

'어쩌면 세상을 뒤집어 버리는 것이 내 의뢰를 달성하는 데 더 도움이 될지도 모르겠네.'

추측이 아니라 확신이 들었다.

지금까지만 해도 의뢰를 수행하는 주체가 반드시 자신 혹은 아니테라의 전사들이어야만 한다고 생각했던 가온은 발상의 전환이 이루어지는 것을 느꼈다.

'그래! 굳이 나나 아니테라의 전력으로 모든 던전을 공략해야 하는 건 아니야.'

남의 손을 빌리더라도 차원의 융합을 막으면 된다. 의뢰의 내용이 차원 융합 현상을 말끔하게 해결하라는 것이 아니라 '막아라'이지 않은가.

"그럼 설계를 바꾸어서 내가 말한 사양의 알파급 타이탄을 만들려면 얼마나 시간이 필요해?"

"라인을 개조하는 데는 이삼일이면 될 거예요. 그죠, 파넬?"

설계 쪽은 파넬이 맡았는지 벼리가 그에게 물었다.

─그 정도면 충분합니다.

"1기를 제작하는 데 얼마나 시간이 걸릴까?"

"이제 장인들도 숙련도가 올라갔고 알파급은 구조도 단순한 편이니 하루에 대략 5기는 생산할 수 있어요."

그 정도면 충분하다.

"그럼 이렇게 하자. 나는 아니테라의 전사들에게도 알파급 타이탄을 지급하려고 해. 원로들에게 말해서 인력을 충원해 줄 테니까 생산량을 두 배로 늘려. "

─자체용과 판매용으로 생산을 이원화라는 말씀이네요?

파넬은 금방 가온의 의도를 짐작했다.

"맞아."

자신이 도착할 때까지 추가로 제작한 베타급 타이탄은 16기다. 베타급은 당분간 이 정도면 될 것 같았다.

"그럼 베타급 타이탄은 어떻게 해요?"

"당분간은 알파급 타이탄 쪽에 전념하는 것이 나을 것 같아."

"하지만 그럼 반발이 클 텐데요."

"그건 또 무슨 말이야?"

"귀환한 엘프족 전사들에게 타이탄 얘기를 들은 나가족과 스노족도 잔뜩 기대하고 있어요. 따로 훈련장이 있음에도 나가족과 스노족 전사들이 며칠째 타이탄 기동 훈련장에서 살 정도로요."

이런 상황은 전혀 생각지 않았던 가온이었기에 순간 골치가 아팠지만 다시 생각하니 그들 역시 자신에게 귀속된 존재들로 아니테라에서 떠난다고 할 때까지 최대한 이용해야만 하는 대상이었다.

"그들만이 아니에요. 언니들에게 가면 오빠를 기다리고 있는 사람들이 많을 거예요."

"많다고?"

"네, 오빠. 타이탄 때문에 아니테라 원로들도 난리가 아니거든요."

"일단 만나 봐야겠군. 일단 베타급 생산은 계속해."

"알겠어요. 하지만 단단히 마음을 먹어야 할 거예요. 다들 타이탄을 노리고 있으니까요."

하긴. 체고가 7미터에 이르는 타이탄의 멋지고 당당한 모습을 보면 전사가 아니더라도 한번 탑승해 보고 싶은 마음이 생길 수밖에 없었다. 더구나 능력이 몇 단계는 올라가니 욕심이 날 수밖에.

⸎

벼리의 말이 맞았다.

아니테라의 주민들이 자신을 위해 마련해 준 집은 엘프족의 거처에서 제법 떨어져 있어서 특별한 일이 아니면 근처에서 볼 수 없었던 엘프족 원로들이 집 주위에 모여 있었다.

사람이 많아서 인사를 하는 데만 해도 꽤 시간이 흘렀다. 정작 보고 싶은 아레오와 아나샤는 사람들에게 질려서 수련을 핑계로 꽤 멀어진 곳에 있는 연무장으로 피신한 상태였다.

결국 가온은 엘프족 원로들에게 붙잡혔다.

'그래도 차 맛은 좋네.'

엘프족이 덖은 차는 같은 찻잎으로도 깊고 풍부한 풍미를 내고 있었다. 이른바 엘프차인데 빠르게 생산량이 늘어나고 있어 나중에는 갓상점에 올려 판매할 생각도 하고 있었다.

"헤루스, 우리 원로들도 타이탄을 1기씩은 가지고 있어야 유사시 활용할 수 있지 않을까요?"

엘프족 원로들을 대신해서 에르넬이 총대를 멘 모양이다.

'내 영혼과 이어진 이곳에 무슨 위험이 닥친다고.'

그런 말을 해 봐야 소용이 없을 것이다. 이들은 새로운 장난감, 아니 전략 무기에 호기심이 그야말로 폭발한 상태였다.

"에르넬 원로의 말씀은 좀 지나치지만 전혀 틀린 것은 아니에요. 그리고 그것과는 궤가 좀 다르지만 저는 타이탄의 또 다른 활용법을 찾아냈어요. 그제 제가 다르엘에게 양해를 얻어서 잠시 탑승을 한 상태에서 마법을 사용해 봤는데 엄청났어요. 마력링을 사용할 수는 없었지만 증폭된 마나만으로도 충분히 마법을 구현할 수 있었어요. 이런 타이탄을 전사들에게만 지급하는 것은 부당하다고 생각해요."

만월의 빛 일족의 원로인 도라레스가 한 말에 가온은 머리를 망치로 세게 맞은 것처럼 정신이 번쩍 들었다.

'그래! 마법사라고 타이탄 라이더가 되지 못할 리가 없어.'

무엇보다 타이탄은 마나를 증폭시켜 준다. 마력 또한 마나의 한 종류이니 타이탄이 마법을 사용하지 못하는 것은 아니라는 얘기다.

'마력을 증폭시키는 지팡이나 완드를 사용하면 어떤 면에서는 전사보다 더 엄청난 위력을 발휘할 수 있겠어.'

마법사 전용 타이탄의 가능성을 확인한 가온은 바로 벼리에게 의념을 보냈다.

'벼리야, 혹시 마법사용 타이탄은 없어?'

고대 유적에서 타이탄의 설계도부터 시작해서 꽤 많은 서적과 기록들을 얻어서 연구한 벼리라면 알 것이라고 생

예지몽으로
히든랭커

각했다.

－없었어요, 오빠. 왜요?

타이탄을 창조하고 사용했던 아이테르 차원의 고대 문명
은 마법진을 제외한 마법을 사용하지 않았다고 알려졌다. 그
러니 질문 자체가 잘못된 것이다.

'마법사라고 해서 타이탄 라이더가 못 될 것은 아니라는
생각이 들어서.'

－흐음. 생각해 보니 타이탄을 사용했던 고대 문명에서는
마법진을 제외하고는 마법에 대해서 언급한 기록이 거의 없
어요. 혹시 그 당시에는 마법이 거의 소실되었던 것은 아닐
까요?

'나도 그렇게 알고 있어. 아무튼 마법사 전용 타이탄에 대
한 가능성은 있는 거야?'

－당연히 가능하죠. 마력을 증폭시키는 지팡이나 완드의
역할을 타이탄이 맡으면 되니까요.

기대한 대로 일단 긍정적인 답변이 나왔다.

－그런데 문제가 있어요.

'무슨 문제?'

－오빠도 알다시피 전사들이 마나를 사용하는 방식과 마
법사들이 마력을 사용하는 방식은 완전히 달라요.

자신은 마나오션과 마나링을 동시에 가지고 있기에 누구
보다 잘 알고 있다.

'알지. 마나와 마력은 발현 방식조차 다르니까.'

전사의 마나는 순도나 지배력도 중요했지만 특히 마나 회로가 아주 중요했다. 인간의 마나로드처럼 넓고 튼튼해야만 빠른 시간 내에 많은 양의 마나를 원하는 육체 부위로 이동시킬 수 있었기 때문이다.

그에 반해 마법사의 마력은 주문과 의지가 중요하기에 이용하는 마나로드도 아주 짧다.

물론 마력도 마나의 한 종류이기에 육체를 활성화시키는 효과가 있어서 장수하기는 하지만 마법사들의 육체 능력은 마나로드가 전신에 깔려 있는 전사의 그것에 비하면 현격하게 떨어지는 것이다.

당연하게도 만약 마법사 전용의 타이탄이라면 마나 회로는 어느 정도 무시해도 된다. 대신 무언가가 더 추가되어야만 했다.

가온은 잠시 고심한 결과를 벼리에게 전달했다.

'조종실에 지력과 집중력 등 정신력을 높여 주는 마법진들을 새기면 어떨까?'

-아! 대단한 아이디어예요. 그렇게 한다면 펼칠 수 있는 마법의 위력도 몇 배로 커질 거예요.

마법은 무엇보다 마법사의 정신력에 가장 크게 좌우된다.

'파넬, 알름과 함께 마법사 전용 타이탄을 한번 연구해 봐.'

―하잉. 지금도 바쁜데, 알겠어요. 그리고 알름 원로는 모라이족 원로들과 함께 기가스를 비롯해서 이미 다양한 용도의 타이탄을 개발하는 연구를 시작했는데 어떻게 할까요?

'알름 원로의 연구는 그대로 진행되도록 놔둬.'

구체적으로 어떤 타이탄을 연구하고 있는지 모르지만 뛰어난 창의력을 가지고 있는 발명가나 연구자가 필이 꽂혀서 개발하는 것이 있다면 방해하지 않는 것이 좋다는 정도는 가온도 알고 있었다.

'마법사용 타이탄을 개발하는 일은 우리 아니테라에 엄청나게 중요해. 만약 마법사 전용 타이탄이 탄생한다면 우리 아니테라의 전력은 엄청나게 높아질 거야.'

일단 엘프들은 기본적으로 정령 마법을 사용할 수 있다. 어쩌면 타이탄 라이더의 경우 지금보다 더 높은 등급의 정령과 계약할 수 있을 것이다.

하지만 그것이 아니더라도 일반 마법을 구사하는 마법사는 많다. 물론 대부분 인챈트 마법에 특화된 경우지만 낮은 수준의 전투 마법 정도는 대부분 발휘할 수 있다.

거기에 스노족 결계술사의 경우 마법사라고 보면 된다. 가온은 그들이 결계술을 사용하는 것밖에 보지 못했지만 듣기로는 일반 마법에 가까운 특별한 결계술을 펼칠 수 있다고 들었다.

그렇게 많은 엘프 마법사와 스노족 결계술사가 타이탄을

탄 상태에서 특수한 마법을 사용하게 되면 그 위력은 상상 이상일 것이다.

　ㅡ알았어요. 한번 해 볼게요. 그래도 다행한 건 누군가 스케치 정도에 불과한 기록이지만 오빠가 말한 것과 비슷한 개념의 시도를 한 것 같아요.

　그런 자료가 있다면 연구 기간은 어느 정도 짧아질 것이다.

　'그런데 알테어는 뭘 하고 있어?'

　벼리와 파넬이 맡기에는 일이 너무 많다고 생각한 가온은 문득 알테어의 근황이 궁금했다.

　ㅡ오빠가 수련에 들어가면서 지구에 존재하는 거의 모든 물질의 분석을 명령했잖아요.

　아! 이제 생각이 났다. 지금 벼리가 말하는 오빠는 자신과 동일인이다. 본체라고 하지 않는 것은 자신 역시 본체라고 강하게 인식하고 있어서였다.

　그렇게 벼리와 의념 대화를 마친 가온은 문득 조용하다는 것을 느끼고 주위를 둘러보았다.

　"혹시 마법사 전용 타이탄이 있는 거예요?"

　뭔가 눈치를 챈 것인지 도라레스 원로의 눈이 커지더니 그렇게 물었다.

　"연구 중입니다."

　"끼아아앗!"

도라레스 원로가 마치 소녀처럼 높고 날카로운 환호성을 질렀다.

"바닥부터 시작하는 연구 개발이라서 시간이 많이 걸릴 겁니다."

"괜찮아요. 헤루스께서 만들겠다고 하셨으니 언제까지라도 기다릴게요."

가온의 말에 환호하는 이들은 적지 않았다.

기본적으로 하이엘프는 전사이며 정령사이고 마법사다. 어느 부분이 특출하냐만 차이가 있을 뿐 가온과 비슷한 정령마검사라고 보면 된다.

실제로 엘프 원로 중 두 명이 7서클 마법사였고 결계술사인 스노족 원로들은 모두 마법사라고 봐도 무방했다.

만약 마법사용 타이탄이 개발된다면 아니테라의 전력은 몇 배, 아니 수십 배 이상 급증할 것이다.

"그리고 타이탄의 배정 건은 제게 맡겨 주십시오. 꼭 필요한 사람들에게 먼저 배정할 생각이니까요."

말이 나온 김에 알름 원로에게도 모라이족의 충원을 부탁한 가온은 마법진에 뛰어난 엘프족의 자원을 독려해 달라고 부탁했다.

안 그래도 타이탄을 배정해 달라고 찾아왔던 원로들은 가온의 말에 부탁한다는 말을 남기고 모두 자리를 떠났다. 그의 태도가 워낙 단호해서 청탁이 통할 것 같지 않았기 때문이다.

　원로들은 떠났지만 대신 그 자리를 채운 두 여인이 있었다. 기다렸다는 듯 찾아온 것을 보면 근처에 있었던 것 같은 나가족 퀸인 예하와 스노족 족장인 헤르나인었다.

　"너무해요!"

　"너무하신 거 아니에요!"

　오랜만에 보는 얼굴인데 날이 서 있었다.

　하지만 가온은 두 사람을 보는 순간 내심 깜짝 놀랐다. 마지막으로 두 사람을 본 것이 꽤 오래전이기는 하지만 그사이에 경지가 한 단계씩 상승해 있었다.

　예하는 완벽한 9현신을 이루어서 세 번째 진화를 성공적으로 마쳤음을 알려 주었고, 스노족 최고의 전사이자 결계술사인 헤르나인은 소드마스터에 입문한 정도가 아니라 초급 실력이 되어 있었다.

　'마나가 농후한 아니테라의 환경과 영약의 효과를 제대로 봤네.'

　가온은 두 일족에게 자신이 발견한 영약들이 대규모로 지원해 주었는데 두 일족의 수장들이 가장 먼저 효과를 본 것이다.

　"뭐가 너무해?"

　자신의 권속인 두 사람의 발전이 내심 만족스럽지만 지금은 그것을 언급할 상황이 아니었다. 그만큼 두 사람은 잔뜩 화가 나 있었다.

"어떻게 엘프 전사들만 챙길 수가 있어요?"

"맞아요! 마법사도 소환했다면서 왜 저희 스노족은 소환하지 않으신 거죠?"

"그거야 나가족과 스노족은 지금 한창 자리를 잡느라고 바쁠 테니 그랬지."

"바빴던 것은 인정하지만 그래도 서운해요!"

"저희야 수련하는 것을 제외하고는 특별하게 바쁜 것도 없었어요!"

두 여인은 화를 내고 있음에도 가온은 속으로 감탄하고 있었다. 이 상황에 어울리지 않게 두 여인 모두 남자의 가슴을 진탕시키는 독특한 매력을 풍기고 있었다.

"저희를 배려해서 소환하지 않은 것은 이해하더라고 엘프족 전사들에게만 타이탄을 준 것은 용납할 수 없어요. 저희도 헤루스를 위해서 얼마든지 활약할 수 있다고요!"

"맞아요. 비록 저희 스노족의 전사는 많지 않지만 하나같이 뛰어난 실력을 가지고 있어요. 실전을 치러야 하고요."

이렇게 불만을 토로하지만 본심은 자신들에게도 타이탄을 배정해 달라는 것과 활약할 기회를 달라는 것일 것이다.

"하지만 나가족은 이미 거체(巨體)로 활약할 수 있잖아?"

나가라자들은 현신의 숫자는 다르지만 대개 5미터에 7미터의 거체를 가지고 있다. 파충류의 하체 때문에 민첩성만 떨어질 뿐 근력과 같은 다른 육체적 능력은 거체의 영향으로 엄청난 수준이다.

"하지만 마나를 증폭해서 사용하지는 못하죠."

평소에는 20대처럼 보이는 예하였지만 이럴 때는 40대의 커리어우먼처럼 보였다.

가온은 딱히 할 말이 없어 이번에는 마치 백설공주와 같은 외모에 신비한 매력을 가지고 있는 헤르나인에게 시선을 돌렸다.

"스노족 전사는 열 명밖에 없다고 하지 않았나?"

"그렇기는 하지만 제가 특별히 선발해서 독하게 수련을 시켰기에 모두 검기를 능숙하게 사용할 수 있어요."

수가 많지 않은 스노족이기는 하지만 서른을 갓 넘긴 나이에 일족 최고의 전사이자 결계술사가 될 만큼 뛰어난 역량을 가진 헤르나인이 이렇게 장담한다면 믿을 만했다.

"두 사람의 뜻이 그렇다면 받아들이지. 일단 세 명씩 선발해."

"타이탄을 주시려는 거죠?"

예하가 기대와 불안이 교차하는 얼굴로 조심스럽게 물었다.

"맞아. 나가족과 스노족도 내 권속이고 정착도 어느 정도 마무리한 상황이니 이제부터는 날 좀 도와줘야겠어."

덥석!

예하는 얼마나 기뻤는지 환호성조차 지르지 않고 안겼고 자신 역시 기뻤기에 무의식중에 그녀를 따라 가온에게 몸을 기울였던 헤르나인도 잠시 멈칫하더니 이내 가온의 품으로 뛰어들었다.

가온의 단단한 근육과 피를 끓어오르게 하는 기이한 체향을 느낀 예하의 색감이 가득한 눈에는 강한 만족감이 피어났고, 헤르나인의 백설기와 같던 얼굴은 분홍색으로 물들었다.

가온은 전혀 예상하지 못했던 두 여자의 과감한 행동에 순간 멍해져서 어떤 반응도 하지 못했다. 그저 망연자실한 얼굴로 양쪽 팔을 어정쩡하게 들고 있을 뿐이었다.

'생각보다 감촉이 부드럽네.'

잘 단련된 전사들임에도 불구하고 방어구를 갖춰 입지 않아서 그런지 모양을 잡아 주는 속옷을 입지 않아서 그런지 그의 양쪽 가슴을 차지한 두 여인의 몸은 무척이나 부드러웠다.

대신 체향은 완전히 달랐다. 예하는 나이가 있는 만큼 무척 성숙하고 달큰한 육향을 발산했고 헤르나인은 눈 속에서 피어나는 봄꽃의 강인함이 느껴지는 짙으면서도 청량한 체향을 가지고 있었다.

"그, 크험! 이만 떨어지는 것이 어떤가?"

가온의 말에 헤르나인은 화들짝 놀라서 바로 떨어졌지만

예하는 아쉬움이 뚝뚝 떨어지는 얼굴로 천천히 품을 벗어났다.

'쳇! 이번에도 실패인가? 한계까지 페로몬을 방출했는데도 견디다니 철벽이 따로 없다니까.'

'원로들의 등쌀에 방출한 페로몬에도 꿈쩍도 하지 않아. 역시 헤루스는 대단한 남자야. 그래서 더 욕심이 나!'

가온은 두 사람이 일부러 그를 자극했다는 사실은 알지 못했지만 아레오와 아나샤는 몸살이 날 정도로 뜨거운 시간을 감당해야만 했다.

사흘이 지났다.

가온은 오랜만에 사랑하는 두 여인과 수련을 하면서 시간을 보냈고 심신에 쌓인 피로를 완전히 풀어 버릴 수 있었다.

아니테라로 건너온 지 나흘째가 되던 날, 연락을 받은 가온은 기대감이 가득한 얼굴로 제조창으로 향했다.

기대한 대로 벼리와 파넬의 조사, 분석을 통해서 새로운 알파급 타이탄의 시제품이 나왔다. 물론 판매용이었다.

"이게 새로운 알파급 타이탄이군."

자신이 알펜 시티에서 빌려 온 타이탄을 토대로 제작한 판매용 타이탄은 푸른 청색으로 도색되었는데 외형은 동일했다.

베타급과의 차이라면 라이더 전용 슈트를 입기는 하지만

마나 회로의 길이가 3분의 1 정도로 적어서 아주 정교한 동작은 구사할 수 없으며 동력원도 상급이 아니라 중급 마정석이라는 점이다.

후판 등 부품은 기존에 열두 마녀 측이 생산한 보급형에 맞추어서 제작을 했기 때문에 호환성까지 갖추었다.

직접 탑승을 해 봤는데 베타급에 적응되어 있어서 답답하기는 했지만 타이탄이라는 이름에 어울리는 강력한 힘을 발현할 수 있었다.

"둘 다 고생했어. 다운그레이드를 하겠다고 하지 않았어?"

가온은 일단 벼리와 파넬의 노고를 치하한 후 새로운 타이탄이 아이테르 차원의 그것에 비해 너무 능력이 높은 것 같아서 그렇게 물었다.

"그러려고 했는데 아무리 생각해도 자원 낭비가 너무 심해서요. 그래도 마나 회로를 최소화해서 제원을 조정했어요. 출력은 13룩스, 마나 증폭률 2.7배, 동화율 36%. 마나 보유량의 36%를 반영하는 사양으로 맞추었어요.

현재 아이테르 차원에서 활약하는 알파급 타이탄은 출력 10룩스, 마나 증폭률 2배, 동화율 30% 이상, 마나 보유량 30% 반영의 사양을 가지고 있다는 점을 고려하면 대략 2할에서 3할 정도의 전력 강화가 이루어진 것이다.

"그럼 우리 아니테라 전용은?"

"외관은 동일한데 출력은 16룩스, 마나 증폭률 3.4배, 동화율 41%, 마나 보유량 42% 반영의 사양이 나올 것 같아요."

그 정도면 체고만 제외하면 현재 아이테르 차원의 베타급 타이탄과 거의 비슷한 제원이다.

"좋아! 이제부터 두 개의 라인을 가동해야겠어."

"이미 준비는 다 되었으니 제작하기만 하면 돼요."

미리 말을 해 두었기에 아니테라 전용 알파급 타이탄 생산 라인과 판매용 타이탄 생산 라인을 갖춘 것이다.

"생산 능력은 어때?"

"하루에 각각 5기씩이에요."

"그나저나 제조창에서 일하는 장인은 얼마나 되는 거야?"

처음에는 너무 넓은 것 아닌가 생각했던 제조창 건물이 좁아 보일 정도로 많은 사람들이 보이기에 물어보는 것이다.

"기계 분야를 맡은 모라이족 장인이 200명, 마법진과 마나 회로를 맡은 엘프족 장인이 400명이에요. 오빠가 모라이족과 엘프족 원로들에게 부탁한 덕분에 세 배로 늘어났어요."

"생산하는 데 문제는 없고?"

"재료도 충분하고 인챈트 마법사나 장인들의 수준도 뛰어나서 알파급 타이탄 제작은 아무런 문제도 없어요. 그런데 우리 전사들이 사용할 알파급 타이탄은 몇 기까지 생산할까요?"

"최대한 많이."

이 기회에 전사단을 아예 타이탄 전사단으로 바꿀 생각

이다.

"그럴 경우 생각보다 빨리 재료가 소진될 테니 그것만 채워 주세요."

"알았어."

아무래도 앞으로 의뢰를 열심히 수행해야만 할 것 같았다.

모둔의 비상 飛上

그때 기계 장치들 사이에서 익숙한 얼굴이 나타났다.

"알름 원로!"

"헤루스, 오셨군요!"

알름이 반가운 얼굴로 달려왔다.

"안 그래도 할 일이 많은 모라이족인데 제조창에서 근무할 이들까지 충원해 주어서 고맙습니다. 그런데 여긴 어쩐 일입니까?"

이젠 가온에게 엘프족만큼이나 중요한 존재가 된 모라이족의 족장인 알름은 이런 곳에 있어서는 안 된다. 나이도 나이지만 아니테라의 대소사를 의논하고 집행하는 최고 기관인 원로회의의 일원이 아닌가.

"이 타이탄이라는 기계 거인이 보면 볼수록 너무 신기해서 말입니다."

타이탄을 쳐다보는 알름 족장의 눈이 생기를 머금고 반짝거리는 것을 보니 천생 기술자인 모양이다.

"타이탄에 대한 지식이나 기술은 파악했습니까?"

"그렇습니다. 참으로 신기합니다. 마정석을 사용해서 자신이 마치 거인이 된 것처럼 능력을 발휘할 수 있는 기계라니 말입니다. 지난번에 헤루스께서 내주신 항타기라든가 타워크레인과 같은 중기계에 대한 자료를 보고 충격을 받아서 다양한 용도의 타이탄을 개발하려고 연구하는 중입니다."

"그 얘기는 들었습니다. 그래 진척은 있습니까?"

"일족의 원로 중 관심이 많은 몇 명이 주축이 되어 연구하고 있는데 머지않아서 시제품이 나올 것 같습니다."

그럼 당장 알름이 그 연구에 전념하는 것은 아니라는 얘기다.

"그럼 당분간 이곳으로 출근하시고 적당한 시점이 되면 제조창을 맡아 주십시오."

"제가 말입니까?"

그렇게 묻는 알름의 시선이 자연스럽게 벼리와 파넬에게 향했다. 지금까지는 둘이 타이탄 제작을 관장했기 때문이다.

"그렇습니다. 이 둘은 다른 쓰임이 있습니다."

벼리는 이제까지 그래 왔듯 자신과 본신을 보좌해 주어야만 한다. 특히 지구에서 포션 사업을 시작할 본신은 많은 도움이 필요했다.

그런데 예상하지 않았던 반응이 나왔다.

—주인님, 괜찮으시다면 저는 계속 타이탄 연구를 하고 싶습니다.

리치이기는 하지만 마법학자인 파넬은 타이탄을 연구하고 제작하는 과정에서 감마급에 이어서 입실론급 타이탄까지 제작해 보려는 꿈을 가지게 된 것이다.

"좋아. 그렇게 해!"

가온은 조언자로서의 역할에 충실한 벼리가 있기에 흔쾌히 그의 부탁을 받아들였다.

그날 밤, 아레오와 아나샤가 술상을 준비하고 그를 맞이했다.

"무슨 날이야?"

가온은 두 여인이 뭔가 자신에게 할 말이 있다는 것을 눈치챘다.

"아무래도 우리 둘로는 온 랑을 도저히 감당할 수 없을 것 같아요."

"아무리 음양대법을 펼친다고 해도 몸이 견디질 못한다고요."

"크음."

할 말이 없었다. 사실 예하와 헤르나인 때문에 너무 무리하긴 했다. 미모는 물론 남다른 매력을 가진 그녀들이 강렬한 체향을 발산하면서 안기는 바람에 받은 자극으로 인해서 며칠 동안 아레오와 아나샤가 기절해서 잠이 들 정도로 괴롭혔으니 말이다.

아무리 음양대법이 교합을 할 때마다 음기와 양기의 교환을 통해서 마나의 증가는 물론 몸을 건강하게 만들고 심신의 피로를 풀어 준다고 해도 그것도 한계가 있었다.

"그래서 어쩌라고?"

"일단 모둔 언니부터 받아들이세요."

"모둔을?"

모둔은 인간의 육체로 현신할 수 있었지만 너무나 아름다워서 가온이 아직 사람들에게 공개를 하지 않았다. 그래서 지금은 정령체로 지내면서 가끔 아레오와 아나샤의 수련에 도움을 주고 있었다.

그런데 가온은 아레오와 아나샤가 모둔을 언급한 것보다 그녀를 언니라고 칭하는 것이 더 의아했다.

"정령으로서 완벽하게 인간의 육체를 구현한 언니라면 오빠의 넘치는 정력을 어느 정도 받아 줄 수 있을 거예요."

"언니가 표현을 잘하지 않아서 그렇지 우리만큼이나 온 랑을 지극하게 애모하니 이젠 받아 주세요."

"두 사람이 모둔을 어떻게 그리 잘 알아?"

아무리 생각해도 모둔과 이 두 사람과의 접점을 알 수가 없었다.

"언니와는 종종 차를 마시면서 마나의 개념이나 속성에 대한 가르침을 받거든요."

"언니의 조언 덕분에 연상 마법을 수련하면서 막혔던 부분이 뚫린 적이 한두 번이 아니에요. 무엇보다도 언니는 마법밖에 모르는 우리와 달리 벼리처럼 상식도 풍부하고 굉장히 박식해서 온 랑을 내조하는 데 가장 큰 역할을 할 거예요."

물질적인 육체를 구현한 이후에도 모둔은 자신이 부르기 전에는 대부분의 시간을 아니테라에서 보내는데 그동안 아레오와 아나샤의 마음을 사로잡은 것 같았다.

'안 그래도 말을 꺼내려고 했는데 다행이네.'

모둔과는 이미 마음을 나눈 상태다. 그래서 조만간 그녀의 문제를 해결하려고 했는데 이렇게 먼저 두 여인이 언급한 것이다.

하지만 두 사람의 마음과 상관없이 자신이 먼저 모둔을 언급했으면 아마 삐치지 않았을까?

그나저나 대체 모둔이 어떻게 했기에 아레오와 아나샤가 이렇게 나오는지 모르겠지만 자신의 몸에 내재하고 있는 화기로 인해서 강해진 정력을 어떤 식으로든 발산할 필요가 있기는 했다.

"방금 한 말들, 진심이야?"

"그럼요. 언니라면 우리보다 더 온 랑을 제대로 내조할 수 있을 거예요."

"언니라면 앞으로 늘어날 것이 분명한 온 랑의 다른 여자들도 지혜롭게 다룰 수 있을 거예요."

그렇게 말하는 아레오와 아나샤의 눈빛은 진심이 가득했다.

"알았어. 내일 아침에 모둔과 얘기를 해 볼게."

그렇게 얘기가 마무리되었지만 어젯밤 내내 시달린 두 여인은 끝내 그를 혼자 재웠다.

'정력이 센 것이 반드시 좋은 것만도 아니네.'

오랜만에 혼자 자게 된 가온은 무척 쓸쓸했다.

그렇다고 지금 모둔을 불러들일 수는 없었다. 그건 아레오와 아나샤를 무시하는 처사였다.

한편 정령체로 지내면서 아니테라 전체에 녹아 있는 마나를 통해서 아레와 아나샤가 가온에게 한 말을 모두 들은 모둔은 기쁜 감정을 주체할 수 없었다.

'그동안 공을 들인 보람이 있네.'

그녀는 자신이 나이가 많다는 사실을 절대로 드러내지 않았다. 아니, 언니 대접을 받고자 하지도 않았다. 어쨌거나 자신에게는 영혼의 맹약자이며 운명의 실로 묶인 가온이 먼저 사랑하는 여인들이었다.

그렇기에 최선을 다해서 친해지려고 애썼고 진심으로 그녀들이 어려움을 극복하는 데 도움을 주었다.

　물론 그 이면에는 아레오와 아나샤가 가온이 자신을 여자로 받아들일 때 두 사람의 반대가 없었으면 하는 마음이 당연히 있었다. 그녀가 파악한 가온은 책임감이 강한 남자였다.

　다행한 것은 가온을 도울 수 있는 다양한 역량을 기르기 위해서 쌓고 익힌 지식과 기술이 그녀들의 수련에 도움이 되었다는 사실이다.

　또한 그녀들에게 가온의 몸 안에 화산처럼 강렬하고 엄청난 양기가 쌓여 있다는 사실과 그것을 어떻게든 처리하지 않으면 두 사람이 너무 힘들 거라는 사실을 무의식중에 각인시켰다.

　그렇기에 가온의 사랑을 얻고자 했던 예하와 헤르나인이 방출한 페로몬에 자극을 받은 그가 밤새 괴롭히자 이런 기회가 찾아온 것이다.

　내일 아침의 일은 아무런 신경도 쓸 필요도 없다. 자신은 이미 가온에게 은애하는 마음을 밝혔고 그 역시 받아들였기 때문이다.

　'이젠 정말 인간으로 살아야겠네.'

　정령이 아니라 인간체로 사는 건 그녀가 바라는 바였다.

　'난 반드시 좋은 아내가 될 거야!'

모둔은 언제부터인가 새로운 꿈이 되어 버린 인간으로서의 자신의 삶이 이제 곧 현실이 될 거란 사실에 더할 수 없이 행복했다.

다음 날 새벽, 모둔이 예상한 대로 가온은 그녀를 불렀다.

모둔은 기쁜 마음으로 한껏 치장을 하고 현신했는데 가온의 눈에는 이전보다 훨씬 더 아름다웠다.

육체를 가지고 현신한 모둔은 신화에 등장하는 미의 여신이라고 해도 믿을 정도로 신비하면서도 거부할 수 없는 미모와 매력을 가지고 있었다.

비록 TV 화면이지만 지구의 숱한 연예인과 모델을 보아 왔고, 아레오, 아나샤, 투하란을 자신의 여인을 만든 가온이지만 모둔의 미모는 격이 달랐다.

"흐음. 역시 너무 아름다워서 사람들 앞에 보이기가 싫어."

모둔을 본 남자들이 그냥 추앙하거나 감탄만 하면 좋을 테지만 연모의 감정을 품을 것은 명약관화했다.

그리고 무엇보다 그녀를 보고 불쾌한 상상을 하거나 쓸데없는 사건을 야기할 수 있는 감정을 품을 수 있는 남자들의 본성을 생각하자 세상에 내놓기가 정말 싫었다.

'그냥 아니테라에서만 지내라고 하기에는 능력이 너무 아까운데.'

그런 생각을 하고 있을 때 모둔이 별처럼 눈을 빛내며 입을 열었다.

"그래서 온 랑이 도와주실 것이 있어요."

"뭔데?"

"벼리에게 들었는데 갓상점에 존재감을 약화시키는 특별한 술법이 있다고 해요."

"존재감을 약화시킨다고?"

"네, 온 랑. 미모를 포함해서 존재감의 수위를 조절할 수 있는 술법인데 1만 포인트면 구입할 수 있다고 했어요."

"오케이! 그런 게 있다면 당연히 구입해야지!"

가온은 기쁜 마음으로 바로 갓상점에 접속해서 모둔이 말한 술법을 구입했다.

곧바로 술법을 익힌 모둔은 가온을 대상으로 술법의 위력을 시험했는데, 정말 시시각각 그녀의 존재감이나 미모 그리고 매력의 정도가 달라졌다.

존재감만 낮출 수도 있었고 상대가 인식하는 미모나 미모의 정도를 낮출 수도 있어서 모둔은 가온이 만족할 때까지 술법을 수없이 펼쳐야만 했다.

"사람들 앞에서는 이 정도가 적당하겠어!"

가온이 만족한 수준은 아레오나 아나샤 정도의 미모와 매력을 느낄 수 있으면서도 위엄이 도드라지게 강조되는 정도였다.

가온은 외부 활동보다는 개인적인 수련을 중시하는 아레오나 아나샤와 달리 모둔은 자신을 대신해서 이 아니테라의 대소사를 관장하는 역할을 맡길 생각이었다.

그렇게 가온이 원한 정도로 술법을 고정한 모둔은 드디어 아레오와 아나샤 앞에 같은 입장으로 모습을 드러냈다.

"언니!"

"드디어 같이 지내게 되었군요! 환영해요!"

다행하게도 어젯밤에 한 소리는 괜한 것이 아닌지 아레오와 아나샤는 진심으로 모둔을 반겨 주었다.

'현명한 여인이네.'

보통 여인이라면 자신만 공략했을 텐데 모둔은 그보다는 먼저 아레오와 아나샤의 마음을 얻었다. 그녀들이 가장 원하는 것을 도와주면서 경계심을 누그러뜨리는 한편 자신이 가온에게 얼마나 필요한지 제대로 어필한 것이다.

가온은 마치 친자매처럼 친하게 보이는 세 여인을 보면서 너무 뿌듯했다.

아레오와 아나샤가 자신만이 추구하는 이상과 목표가 있어 가온만 바라보고 사는 평범한 여인이 아니라는 점도 크게 작용했지만 함께 가온의 화기를 받아 냈으며 자신만이 할 수 있는 역할을 꾸준히 어필했기에 만들어진 분위기였다.

'내 성욕이나 비정상적인 정력도 이런 분위기를 만들었겠지만 모둔은 정말 현명해.'

생각해 보면 자신의 몸은 아레오와 아나샤로는 만족하질 못했다. 그랜드 마스터에 오른 그의 육체적인 능력도 그렇지만 몸 안에 잠재되어 있는 강력한 양기 때문에 두 여인으로는 감당이 되질 않은 것이다.

그렇게 네 사람은 오전을 함께 지냈는데 갑자기 끼어든 것과 달리 너무나 자연스러웠다. 모둔이 아레오와 아나샤를 어떻게 대해야 하는지 너무 잘 알고 있었기 때문이다.

아무튼 다른 미모와 매력을 지닌 세 여인의 사랑을 받게 된 가온으로서는 너무 만족할 수밖에 없는 상황이 되었다.

오후, 세 여인과 점심 식사를 한 가온이 모둔을 대동하고 원로들이 평소에 머무르는 공회당으로 향했다.

"어서 오세요, 헤루스!"

원로들은 오전에는 일족의 마을에서 지내다가 점심 무렵 이곳으로 건너와서 해가 질 무렵까지 공회당에서 함께 지내다시피 하기에 빠진 사람은 거의 없었다.

그중에는 스노족의 원로인 하케인과 나가족 원로인 마킬레우스도 있었다. 은퇴를 했지만 일족의 존경받는 두 사람은 각각 헤르나인과 예하를 대신해서 원로 자리를 맡아서 자신들의 목소리를 내고 있었다.

"이분은 누구십니까?"

원로들의 눈에 비친 모둔은 참으로 기이한 분위기를 가지고 있었다. 풍만한 몸매에 아름다운 외모는 20대 중후반으로 보였지만 서늘하면서도 현기 어린 눈빛을 통해서 보는 이로 하여금 자연스럽게 허리를 숙이게 만들 위엄을 발산하고 있었다.

"내 아내입니다."

"모둔이라고 해요. 앞으로 잘 부탁할게요."

자신을 소개하는 모둔의 자태는 우아하면서도 격이 느껴져서 원로들은 자신들도 모르게 마주 인사를 해야만 했다.

잠시 양측을 소개하는 시간이 지난 후 에르넬 원로가 가온을 향해 조심스럽게 입을 열었다.

"정말 헤루스의 부인인가요?"

원로들은 그동안 아레오와 아나샤를 가온의 부인으로 생각해 왔다.

"그렇습니다. 아직 식은 올리지 않았지만 여기 있는 모둔과 아레오, 그리고 아나샤를 아내로 맞이할 겁니다. 지금 다른 차원에서 수련을 하고 있는 투하란이라는 여인도 마찬가지고요. 아레와 아나샤는 원로들도 이미 알고 있으니 오늘은 이 사람을 소개하러 왔습니다."

가온의 말을 들은 원로들은 너 나 할 것 없이 놀라는 한편 내심 실망했다.

'우리 일족에서도 헤루스의 부인이 나와야 하는데.'

그래도 나름 위안이 되는 것은 가온이 한 여자만 사랑하고 고집하는 성격은 아니라는 사실이다. 지금 소개를 받은 모둔이라는 신비한 분위기의 여인도 처음 보는 것이 아닌가. 즉 자신들에게도 아직 기회가 있었다.

애초부터 아니테라를 구경하고 바로 정착하겠다는 확고한 의사를 가졌던 모라이족을 제외한 엘프족, 나가족, 스노족은 처음에는 언제든 이곳을 떠날 수 있다는 계약 내용에 만족했지만 지금은 전혀 달랐다. 그 어떤 위협도 없고 노력만 기울이면 뭐든 풍족하게 얻을 수 있는 이 아니테라를 떠나고 싶은 생각이 전혀 없었다.

그렇기 때문에 어느 쪽이든 자유롭게 파기할 수 있는 느슨한 계약이 계속 마음에 걸렸다. 막말로 가온이 마음이 변하거나 모종의 일로 미움을 사서 그가 당장 이 땅에서 떠나라고 하면 떠날 수밖에 없는 불안한 상황인 것이다.

그런데 더 무거운 말이 가온의 입에서 흘러나왔다.

"그리고 앞으로 아니테라의 일은 모둔에게 일임했으니 원로들도 어지간한 일이면 나를 찾지 말고 모둔과 상의하세요. 모둔은 하루에 한 차례는 이곳에 들러 아니테라의 일을 볼 예정입니다. 그럼 우리는 타이탄 제조창을 방문해야 하니 다음에 또 보도록 하지요."

원로들은 그 말을 남기고 떠나는 가온과 모둔을 배웅했지만 안색은 좋지 않았다.

'헤루스께서 아레오와 아나샤보다 더 중요시하는 여인이라니!'

가온이 한 말을 생각해 보면 모둔이라는 여인의 위치를 쉽게 판단할 수 있었다. 이 아니테라의 주인이 가장 믿고 신뢰하는 여인이라는 얘기였다. 그들에게는 여주인이나 다름없는 존재가 느닷없이 나타난 것이다.

공회당에는 한동안 무거운 적막이 흘렀지만 에르넬 원로의 말에 분위기가 바뀌었다.

"사실 아레오나 아나샤는 헤루스의 부인이기는 하지만 아니테라에는 큰 관심이 없어서 우리에게는 도움이 되지 않았는데 이제 제대로 된 주인이 나타났으니 우리에겐 잘된 일이네."

"으음. 맞습니다. 헤루스야 항상 바쁘시니 아니테라의 일을 우리가 의논해서 처리를 해 왔지만 헤루스의 재가를 받는 일이 쉽지 않아서 바로바로 처리가 되지 않았는데, 모둔 부인이 매일 공회당에 들르기로 했으니 우리에게 좋은 일입니다."

"그렇긴 한데 위엄이 남다른 부인이라 조심해야 할 것 같습니다."

"그래도 무척 지혜로워 보이시고 무엇보다 헤루스께서 아끼시는 것 같아서 아니테라의 주민들을 잘 이끌어 주실 것 같습니다."

원로들의 말이 이어질수록 분위기는 좋아졌지만 한편으로
는 자신의 일족에서 헤루스의 부인이 나오지 않은 점은 여전
히 불만족스러웠다.

모둔은 따로 거처를 마련하지 않고 기존에 있는 집으로 들
어오기로 했다. 공간은 이미 충분했기 때문이다.

헤루스를 위한 거처라고 엘프들이 나무 위에 얹은 집이기
는 했지만 네 방 모두 공간을 크게 확장해 두었는데 아레오
와 아나샤는 살림에 전혀 관심이 없어서 채워진 가구들을 제
대로 활용하지 못하고 있었다.

"온 랑, 밑에 새로운 집을 지어서 여기와 사다리로 연결할
생각인데 어떠세요?"

"지면 위로 올라온 굵은 뿌리 때문에 바로 아래쪽에는 새
로운 집을 짓기가 어려울 텐데."

"그건 제가 알아서 할게요."

"그렇다면야."

가온은 허락은 했지만 모둔이 모라이족 장인들의 도움을
받아서 천천히 새로운 집을 짓겠다고 받아들였지만 그게 아
니었다.

모둔이 낮은 음성으로 알아들을 수 없는 말을 읊조리자
놀랍게도 지면 밖으로 노출되었던 굵은 뿌리와 나뭇가지 들

이 마치 동물처럼 움직이더니 바닥과 벽을 만들더니 기존의 나무집의 바닥이었던 부분이 천장이 되는 새로운 집이 생겨 났다.

"이, 이게······."

"마음에 드세요?"

"정말 멋지네!"

그냥 하는 소리가 아니었다.

나무의 뿌리와 나뭇가지 들이 제멋대로 얽힌 것이 아니라 마치 잘 다듬은 목재처럼 반듯하게 펴지고 서로 밀착해서 만들어진 집의 외관은 살아 있는 식물의 그것이었기에 더욱 생기가 가득했고 신비로웠다.

문은 물론이고 창까지 완벽하게 갖춘 그런 살아 있는 집이 었다.

"잠시 먼저 들어가서 내부를 좀 다듬을 테니 온 랑은 잠시 여기 계세요."

싱긋 미소를 지은 모둔이 안으로 들어가나 싶더니 오래지 않아서 창에 색유리가 끼워졌고 그녀가 다시 나왔다.

"벌써 다 된 거야?"

"네, 온 랑. 그동안 틈틈이 생각하고 준비했기에 빨리 해치울 수 있었어요."

그녀를 따라 집 안으로 들어간 가온은 정말 혼이 나가는 줄 알았다. 밖에서 보기에는 대략 열 평 내외의 작은 집이었지만 안으로 들어가자 열 배가 넘는 내부 공간이 보였기 때문이다.

"공간 확장을 좀 했어요. 그리고 생활하기에는 지구의 집이 편리하더라고요. 그래서 참고를 좀 했어요."

햇살이 엷은 색유리에 비쳐 가득 들어오는 거실부터 시작해서 다섯 명이 누워도 충분할 거대한 침대가 있는 큰 방과 마찬가지로 다섯 명이 들어가도 될 정도로 거대한 욕조가 있는 큰 화장실로 구성된 간단한 구조였지만 공간이 넓어서 마음에 들었다.

모둔은 옷을 보관하는 장이나 식탁과 같은 가구 들도 미세한 가지들로 만들 정도로 식물을 지배하는 능력이 뛰어났다.

실내며 가구들까지 구경한 가온은 어쩌면 모둔이 식물에 관한 한 세계수에 버금가는 능력을 가지고 있지 않을까 생각했다.

"온 랑, 커튼은 이게 나을까요, 아니면 저게 나을까요?"

집 곳곳을 구경하고 침실로 들어가니 모둔이 여러 개의 커튼을 침대 위에 올려 두고 고심을 하다가 물어 왔다.

"이런 건 아레오와 아나샤와 함께 상의하는 것이 낫지 않을까? 모둔도 알다시피 난 디자인이나 패션 쪽은 영 감각이 없어서."

"풋! 감각이 없는 것이 아니라 관심이 없는 거지요."

그 말이 맞다. 사실 그런 데는 관심이 별로 없었다.

"그럼 침대보나 이불 등 나머지는 동생들하고 의논을 해서 결정할게요."

"그래. 아레오와 아나샤에게 잘해 줘."

전혀 생각지도 못했지만 아레오와 아나샤가 모둔에게 많이 의지하고 있으니 모둔이 현명하게 처신한다면 집안이 시끄러워질 일은 없을 것이다.

"과일 좀 드릴까요? 아니면 허니차?"

과일과 꿀차라는 단어를 들으니 갑자기 달달한 것이 당겼다.

"그것들보다는 당신이 더 좋은데."

가온이 웃으며 두 팔을 벌렸다.

모둔은 살짝 부끄러워하는 얼굴로 가만히 그의 품 안으로 들어왔는데 그 모습이 가슴을 진탕시켰다.

"날 사랑해 줘서 고마워."

가온은 모둔이 정령이라고 생각하지 않았다. 이렇게 풍만하고 부드러운 몸에 달콤한 체향까지 발산하는 정령이 있을 리가 없었다.

"온 랑, 제 마음을 받아 주, 우흡!"

모둔의 말이 중간에 끊기더니 이내 포옹을 하고 키스를 나누는 두 사람의 몸이 침대 위로 쓰러졌고 창을 형성하고 있는 나뭇가지도 부끄러운지 잎을 만들어서 빛을 적당히 가려 주었다.

이전에도 한 몸이 된 적은 있었지만 이성이 거의 없는 상태에서 맺은 관계였기에 오늘이 실질적으로 두 사람에게는 첫날밤이나 다름없었다.

곧 신혼집에서는 오랫동안 뜨거운 열풍이 불었고 아레오와 아나샤가 귀가하기 전까지 계속 이어졌다.

가온에게는 너무나 다행하게도 세 여인은 전혀 서로를 질투하지 않았다. 아니, 아레오와 아나샤는 집의 살림뿐 아니라 아니테라의 골치 아픈 문제까지 모둔이 맡아 주는 것에 굉장히 고마워하고 미안해했다.

넘쳐 나는 마나를 이용해서 최상의 육체를 구현한 덕분에 두세 시간만 쉬면 정신과 육체의 피로를 말끔하게 풀 수 있는 모둔은 집 청소부터 시작해서 빨래와 요리에 이르기까지 못하는 것이 없었다. 정령력을 이용하기에 그 속도는 상상을 벗어날 정도로 빨라서 몸이 힘들 일도 없었다.

넷이 함께 움직이면서 수련을 하지만 모둔은 30분 정도 앞서 움직이는 것으로 그 많은 집안일을 깔끔하게 해치울 수 있는 능력자였다.

다만 아직 잠자리는 넷이 함께하지 않았다. 부끄럽다거나 하는 이유가 아니라 음양대법 때문이었다. 모둔은 그런 식으로 음기와 양기를 교환할 필요가 전혀 없었기 때문이다.

그래서 가온은 아레오와 아나샤를 상대로 음양대법을 연

공한 후 두 사람이 지쳐서 잠들고 난 후에 아래층으로 내려와서 모둔과 함께 잤다.

물론 세 여인을 차례로 사랑하는데도 가온은 전혀 지치지 않았다.

'아니, 오히려 심신의 상태가 더 좋아지고 있어.'

이제 음양대법의 수준도 높아졌거니와 순수한 마나를 품고 있는 모둔과 사랑을 나누고 나면 대법을 펼친 것도 아닌데 정신과 육체의 상태가 조금씩 좋아지고 있었다.

한동안 축적량이 미미하게 증가하던 마나도 하루가 다르게 많아졌다. 모둔이 강한 음기로 가온의 체내에 있는 양기를 중화시켜 주었기 때문이다.

모둔이 가온의 새로운 여인이 된 후에 아레오와 아나샤가 느끼는 불만은 지금으로서는 한 가지밖에 없었다.

"잠에서 깨어났을 때 그이가 없으니까 너무 허전해."

"나도 그래."

잠자는 내내 붙어서 자는 건 아니지만 일어났을 때 가온과 함께일 때면 강한 안정감과 함께 행복감을 느끼던 두 여인으로서는 어쩔 수 없는 불만이다.

하지만 그런 불만은 금방 가라앉았다. 두 사람의 대화를 엿들은 모둔은 아침에 늘 더 일찍 일어나서 가온과 이불 속에서 행복한 시간을 보낸 후 가온을 올려보내 두 사람을 깨우게 한 것이다.

이전이었다면 워낙 정력이 강한 가온이었기에 두 사람을 귀찮게 했겠지만 그런 일은 더 이상 일어나지 않았다. 남자의 아침은 이미 모둔과 함께한 것이다.

　사랑을 나누기 전에 분위기 조성이 필요한 두 여인과 달리 모둔은 이제 막 가온의 여인이 되었기 때문에 그와 마찬가지로 아침의 사랑도 적극적으로 받아들였기 때문이다.

　그렇게 꿈과 같이 달콤한 시간이 흘렀다.

경매

아니테라에 건너온 지도 일주일이 지나 이곳에 완전히 적
응한 가온은 엘프족 원로 여섯 명, 모라이족 세 명, 나가족
네 명, 스노족 네 명을 소집했다.

가온은 기존에 만들어진 베타급 타이탄을 먼저 지급하려
고 했지만 모둔의 조언을 듣고 한꺼번에 지급을 하려고 인원
수에 맞추어 더 제작될 때까지 기다린 것이다.

안 그러면 네 종족 간에 내분이 생길 것이 눈에 보듯 훤했
기 때문이다.

엘프족 원로 중에서는 전사로서의 능력이 출중했었던 에
르넬, 로데나, 데이린, 마르셀, 로데인, 호르덴이 나왔는데
전성기 시절의 경지는 소드마스터 중급이었지만 지금은 초

급이라고 보면 되었다.

모라이족에서는 세 전사장인 툴란, 로히트, 탈람이 나왔는데 마족 던전에서 동행했던 엘프 전사들에게 자극을 받았는지 그동안 절치부심 수련에 매진해서 익스퍼트 중급의 실력이 되어 있었다.

가온은 내심 모라이족 족장인 알름 원로도 타이탄 라이더가 되기를 바랐는데 그는 연구와 개발이 자신이 더 잘할 수 있는 일이라면 사양했다.

나가족에서는 퀸인 예하에 이어서 최근 8현신을 이룬 라크네와 카릴 그리고 7현신을 이룬 롸르가 라이더가 되기로 했는데 아니테라로 이주한 후 경지가 한 단계씩 오른 상태였다.

스노족에서는 헤르나인을 위시해서 익스퍼트 최상급이 된 라이트네, 다인, 소레인이 라이더로 선발되었다.

베타급 타이탄을 배정받은 열일곱 명은 생각보다 익숙하게 타이탄을 다루었는데, 그 이전에도 그랬지만 가온에게 약속을 받은 후부터 시간이 날 때마다 타이탄 훈련장을 찾아서 기동 훈련을 처음부터 끝까지 참관한 것이 도움이 되었다.

기동 훈련은 이젠 숙련된 라이더라고 할 수 있는 시르네아를 포함한 엘프 대전사장들이 맡았지만 검술 지도는 가온이 전담했다.

가온은 동체시력과 민첩성이 뛰어난 엘프족 원로들과 스노족 전사들에게는 포르투 검술을, 육체적 능력이 고르게 발달한 나가라자들과 모라이족 전사들에게는 자신이 익힌 에트나 검술을 전수했다.

그렇게 베타급 타이탄 라이더가 모두 배정이 되자 다음 단계로 이어졌다.

매일 5기씩 나오는 알파급 타이탄을 이틀에 한 번씩 배정하는 단계가 시작되었다.

배정 비율은 엘프 전사장들에게 6기, 나가족 3기, 모라이족 1기씩이었다.

대략 석 달에 걸쳐서 차례로 알파급 타이탄이 배정되자 엘프족 전사장 270명, 나가족 135명, 모라이족 45명, 그리고 스노족 6명이 라이더가 되었고 네 종족의 베타급 타이탄 라이더들이 기동 훈련과 검술 지도를 맡았다.

이미 자신의 차례를 간절하게 기다리면서 참관을 해 왔던 전사들이라서 그런지 기동 훈련은 순조로웠고 타이탄 전용 검술 역시 배정받기 이전부터 익히기 시작했기 때문에 라이더의 실력은 빠르게 높아졌다.

덕분에 아니테라 주민들은 또 다른 거대한 타이탄 훈련장을 건설해야 했는데 기존의 타이탄들이 나서자 순식간에 완성이 되었다.

훈련장은 단단하게 다져진 넓은 땅만 필요할 뿐 별다른 시설이 필요하지 않았다.

　그렇게 아니테라의 타이탄 라이더들의 실력이 급성장을 하는 동안 가온도 자신의 수련에 매진했고 성과도 컸다.

　가온의 타이탄 조종술은 빠르게 높아졌다. 아틀라스를 통해서 익힌 에트나 검술은 이제 2레벨이 되었고 타이탄을 탄 상태에서도 오러 블레이드를 자유롭게 구사할 수 있게 되었다.

　타이탄 전용 검술이라는 에트나 검술은 철월검술이 부족했던 오러 블레이드를 다루는 다양한 초식들을 포함하고 있어서 가온의 검술 경지는 오히려 더 깊어졌다.

　타이탄을 배정받은 시기로 인해서 라이더들의 기동 능력은 편차가 꽤 심했지만 실전을 겪으면 빠르게 올라갈 것이기에 크게 걱정은 하지 않았다.

　그렇게 타이탄 훈련이 어느 정도 진행되었을 때 가온은 일단 먼저 아이테르 차원으로 건너가기로 했다. 물론 연구용으로 받아 온 1기와 판매용으로 제작한 50기의 타이탄이 봉인된 아공간 카드를 소지하고 말이다.

　아레오와 아나샤는 아이테르 차원의 공용어도 알지 못했고 지금 한창 모둔의 도움을 받아서 빠르게 성취가 높아지는 상황이라서 안타깝지만 함께할 수가 없었다.

　모둔이야 이곳에서 지내다가 언제든 필요할 때 불러올 수 있고 아직 그곳에 얼굴이 알려지지 않았으니 일단 혼자 건너가기로 했다.

며칠 전부터 알펜성의 분위기는 뒤숭숭했다.

전사들은 물론이고 용병들도 바깥 활동을 최소화하고 시청과 용병길드 주위를 어슬렁거렸다.

"정말 타이탄 경매가 열릴까?"

이미 알펜성에는 가온이 참가 자격에 제한이 없는 타이탄 경매를 연다는 사실이 파다하게 퍼진 상황이다. 알펜시와 경매소 측에서 공식적으로 내일 타이탄을 대상으로 한 경매가 열릴 거라고 공표했기 때문이다.

"두고 봐야 하겠지만 난 그럴 것 같은데."

"다른 마탑들이 이 사실을 알면 난리가 날 텐데, 참 대단해."

"알 수도 없지만 안다고 해도 그들이라고 뾰족한 수가 없 겠지. 협의체에 소속된 마탑도 아닌데 무슨 권리로 타이탄을 판매하는 것을 막을 수 있겠어."

"그야 그렇지만…… 아무튼 우리 시티에서도 경매에 참가한다는데 몇 기나 낙찰을 받을지 모르겠네. 용병단 중에서도 재력이 빵빵한 곳이 꽤 있잖아."

"용병단뿐만이 아니야. 대형 상단들도 경매에 참가한다는 것 같고 어제 들은 얘기로는 자유 전사들도 참여하려는 것 같은데."

"자유 전사들이? 전사로 복무 기한을 채웠거나 공을 세워 은퇴를 하고 마치 용병처럼 사시는 분들 아닌가?"

"맞아. 비록 육체적으로는 노화가 시작되어 본신의 기량은 떨어졌지만 타이탄을 탈 수 있다면 그런 것은 어느 정도 극복을 할 수 있으니 욕심이 날 수밖에."

맞는 말이다.

타이탄은 라이더의 육체적 능력뿐 아니라 마나와 관련된 능력에도 많은 영향을 받지만 육체의 영향은 크지 않다. 같은 라이더라도 나이와 같은 조건보다는 실전 경험이나 마나 관련 능력이 우수한 전사가 더 강력한 전력을 발휘할 수 있었다.

"하아! 나도 타이탄 한 대만 있으면 돈을 쓸어 담을 수 있을 텐데."

"풋! 우리와 같은 용병에게도 경매에 참가할 자격을 주는 것만 해도 감사한 줄 알아. 길드 수뇌부들이 하는 얘기를 들어 보니 이번 타이탄 경매의 최소 낙찰 예상가가 무려 30만 골드라고 하더라."

"끄어업! 저, 정말?"

"그래. 내 귀로 분명히 들었어."

"하지만 보통 알파급 타이탄 가격이 15만에서 18만 골드인데?"

"타이탄이 간절하게 필요한 대형 용병단에는 팔아 주는 것만 해도 감사한 일이야. 거기에 아니테라의 타이탄은 전용 아공간 카드라는 것이 있어서 어디에서나 소환이 가능하다는 점을 고려하면 비싼 가격은 아닌 것 같아. 모르긴 해도 마탑들이 용병이나 전사에게 개인적으로 타이탄을 판매했다면 그 이상을 지급하고라도 구입하려는 이들이 많았을걸."

"생각해 보니 그렇기는 하다. 아무리 알파급이라고 해도 타이탄 1기만 있으면 사냥이나 의뢰를 수행하는 것이 수월해지고 피해도 확 줄일 수 있을 테니까."

"우리 용병단도 이번에 1기를 어떻게든 낙찰받으려고 자금을 끌어모은 것 같은데 잘되었으면 좋겠다."

"우리 쪽도 마찬가지야. 돈을 있는 대로 끌어모으고 있는 것은 물론 돈이 부족할 경우를 대비해서 리센 용병단과도 공동으로 구입하는 건을 의논하고 있더라고."

그렇게 아니테라 시티에서 제작되는 타이탄의 경매에 대한 관심이 최고조에 올랐을 때 아이테르로 건너온 가온은 용병길드 지부장 로랑을 통해서 새로운 사실을 널리 알렸다.

─내일 아침 서문 밖에서 경매에 나올 아니테라의 타이탄이 기동하는 모습을 확인할 수 있으니 경매에 참가할 의향이 있는 자들은 와서 눈으로 확인하라!

이름도 들어 보지 못한 시티에서 만든 타이탄을 뭘 믿고 경매에 참가하느냐고 떠들던 이들은 물론 같은 이유로 경매에 참가하지 않기로 결정했던 다양한 세력들이 움직이기 시작했다.

직접 기동하는 모습까지 보여 준다면 망설일 이유가 없었다. 그만큼 타이탄의 기능과 전력에 자신을 한다는 얘기였으니 말이다.

다음 날 아침, 서문 밖의 넓은 공터에는 수많은 사람이 모여 있었다.

그리고 그들의 뜨거운 시선을 받으며 등장한 청색과 검은색으로 도색된 타이탄 1기가 20분에 걸친 기동 훈련을 마쳤다.

멈춰 선 타이탄의 복부에 있는 탑승구가 열리면서 시범을 보인 이페이 전사장이 나와 아래로 뛰어내렸는데, 그의 얼굴은 얼마나 흥분했는지 터질 것처럼 붉게 상기되어 있었다.

자신의 루틴대로 새로운 타이탄을 기동해 본 이페이는 곧바로 시장의 앞으로 달려갔다.

"어땠나?"

시장은 결과를 알면서도 혹시나 하는 생각에 물었다.

"최고입니다! 동급 최강이라고 자신할 수 있습니다. 출력은 물론 마나 증폭률이나 기동 범위를 포함한 기동력도 저희가 보유한 것보다 더 높습니다!"

그 부분은 누가 뭐래도 자신할 수 있었다. 자신이 직접 탑승해서 기동해 본 결과였다.

"하아! 믿을 수가 없군."

생소한 알파급 타이탄의 기동 훈련을 참관한 시장을 포함한 시티 수뇌부는 경악을 넘어 엄청난 충격을 받은 얼굴이 되었다.

충격은 거기에 그치지 않았다. 타이탄 정비조원들이 달라붙어서 타이탄의 제원을 수치로 계량화한 자료를 보자 더 충격을 받을 수밖에 없었다.

출력부터 시작해서 마나 증폭률, 기동 범위 등 전투력에 결정적인 영향을 미치는 모든 요소들이 기존의 동급 타이탄에 비해서 최소 20% 이상 높았기 때문이다.

"저런 전투력을 가지고도 중급 마정석으로 기동이 가능하다니 이건 혁명입니다!"

그 점이 가장 중요했다. 상급이 아니라 중급 마정석으로 구동하는데도 기존의 타이탄보다 더 높은 전투력을 발휘할 수 있다는 사실 말이다.

상급 마정석의 시세는 대략 1천 골드지만 수급이 불안정하기 때문에 어느 때는 다섯 배에 이르는 경우도 있을 정도로 들쑥날쑥했다.

게다가 상급 마정석이 충전이 가능하다고는 하지만 영구

히 사용할 수는 없었다. 충전을 거듭할수록 충전율이 떨어지기 때문에 대략 30회 정도 사용하면 더 이상 사용할 수 없었기 때문이다.

그런 점을 고려하면 불과 100골드 남짓의 가격대인 중급 마정석으로 가동하는 타이탄은 너무나 매력적일 수밖에 없었다.

"당장 저 타이탄을 조종해 보고 싶군!"

시장과 동행한 헌터국장과 전사국장은 한참 전부터 엉덩이가 들썩이며 흥분하고 있었다.

"라이더의 기량에 차이가 좀 있더라도 기존의 타이탄과 붙으면 무조건 이깁니다!"

"이 정도라면 트롤에게도 밀리지 않을 겁니다!"

"전용 아공간 카드까지 있으니 30만 골드도 쌉니다!"

시티 수뇌들의 평가에 시장은 내일 열리는 경매에서는 어떤 대가를 치르더라도 모든 타이탄을 낙찰받아야겠다는 결심을 굳혔다.

하지만 시장만 그렇게 생각하는 것이 아니었다.

"동급 타이탄과는 비교도 안 되네. 게다가 상급이 아니라 중급 마정석으로 기동할 수 있다니 미쳤네!"

"명품 타이탄이야! 저 정도면 기존의 베타급 타이탄과도 한동안 자웅을 겨룰 수 있을 것 같아!"

"빌어먹을! 아무래도 돈을 더 준비해야겠네."

이런저런 경로로 타이탄에 대해서 잘 알고 있는 용병단의 수장들은 물론 로랑 지부장까지 내일 열리는 경매가 무척이나 치열해질 거라는 사실을 확신했다.

결렬

결과적으로 경매는 성황리에 열렸고, 모두의 기대와 뜨거운 분위기 속에서 초도 물량인 10기의 알파급 타이탄이 모두 낙찰되었다.

알펜 시티 측에서 6기를, 거대 용병단들이 3기를, 마지막 1기는 은퇴한 자유 전사라는 이가 낙찰을 받았다.

평균 낙찰가는 50만 골드로 그야말로 천문학적인 금액이었지만 경매에 참가한 이들은 아니테라의 타이탄은 그만한 가치가 있다고 판단했다.

"제기랄! 최저 낙찰가가 43만 골드까지 올라가다니."

"그 정도면 약과지. 마지막 타이탄은 61만 골드까지 올라갔잖아."

"젠장! 어떻게든 돈을 모아서 다음 경매를 노려야겠어."

"다음 달에 다시 10기가 더 경매에 나온다는 말이 있으니 우리 용병단도 그때를 노릴 거야."

낙찰받는 데 실패한 이들은 이를 갈고 다음 기회를 기약했다.

그런 이들이 적지 않은 것으로 봐서는 다음 경매 역시 성황리에 진행될 것 같았다.

그렇게 경매가 끝났을 때 천문학적인 돈을 수령한 가온은 시장의 배려로 가리엘 전사장을 따라서 모처로 향하고 있었다.

"정말 대단했습니다."

"뭐가 말입니까?"

"아니펜 타이탄 말입니다."

"아니펜요?"

"생산지인 아니테라와 처음 등장한 무대인 알펜의 합성어입니다. 새로운 타이탄의 이름이지요."

별것도 아닌데 합성어까지 등장할 정도로 대중의 관심이 집중되었다.

"중급 마정석으로 기존의 알파급 타이탄을 현저히 뛰어넘는 전투력을 발휘할 수 있다니 이건 파격이라고 해도 좋을 정도입니다. 엉덩이가 무겁기로 유명한 마탑의 마도사들이 어떻게든 온 훈 님과 만나고 싶어서 안달을 하고 있습니다."

이 세상에 존재하지 않았던 새로운 타이탄을 내놓으면 상당한 반응이 나올 것으로 예측은 했지만 생각했던 것보다 더 충격이 큰 모양이다.

당장 전사장들 중에서도 굉장히 강하며 시장의 신뢰를 받는 가리엘 전사장마저 상기된 얼굴로 연신 타이탄을 언급하고 있으니 말이다.

"전 타이탄의 구조나 생산과는 관계가 없습니다만."

돈은 좋지만 쓸데없는 관심과 골치 아픈 상황이 벌어지는 것은 사양하고 싶었다.

"그래도 우리 알펜에 새로운 타이탄을 공급할 수 있는 권한을 쥐고 있지 않습니까. 타이탄에 관심을 가진 아들이라면 당연히 온 훈 님을 찾을 수밖에요."

그러고 보니 아니테라 출신으로 알펜 시티에 들어와 있는 사람은 자신밖에 없었다.

'아무래도 아니테라를 대표할 수 있는 얼굴마담이 필요하겠네.'

그동안 생산된 타이탄들을 배정받은 전사들을 아니테라 타이탄 전사단이라는 이름으로 새로 편성했는데 자신과 그들의 대외적인 업무를 맡을 새로운 인물이 있어야 할 것 같았다.

가리엘은 아직도 흥분이 식지 않은 얼굴로 목적지까지 가는 동안 가온을 괴롭혔다.

두 사람이 도착한 곳은 시청 뒤편의 넓은 외성 부지에 있는 거대한 건물 앞이었다. 해당 건물은 알펜 시티를 관통해서 흐르고 있는 강줄기를 따라 길게 이어져서 규모가 얼마나 큰지 짐작할 수 있었다.

"이곳이 알펜 스틸이군요."

한쪽 끝이 알펜성의 동쪽 외벽과 맞붙어 있는 알펜 스틸은 거대한 규모임에도 불구하고 단일 건물이었고 거대한 굴뚝이 일정 간격마다 있었는데, 희뿌연 연기가 흘러나오고 있어 안에 용광로들이 설치되어 있다는 사실을 쉽게 짐작할 수 있었다.

"그렇습니다. 메가시티들 사이에서도 품질과 생산량으로 유명세를 떨치고 있는 알펜 스틸입니다."

가온이 이곳에 온 이유는 타이탄 생산에 필수적인 후판을 구하기 위해서였다.

일전에 빌려 갔던 알파급 타이탄의 경우 장갑의 두께가 1센티미터였고 이음새가 보이지 않을 정도로 정교하게 재단이 되어 있었다.

강판, 즉 철판은 두께에 따라 이름을 달리 붙인다. 1밀리미터 이하를 박판, 1에서 6밀리미터 사이를 중판, 6밀리미터 이상을 후판이라고 부르는 것이다.

아이테르와 지구는 전혀 다른 차원이지만 신기하게도 그런 분류는 아주 비슷했다.

타이탄의 경우 장갑의 두께보다 재질과 디자인이 더 중요했다.

강철보다 강도가 높은 합금을 사용하는 것이 더 방어력을 높일 수 있었고 디자인은 보기에 좋은 것뿐 아니라 움직임에 영향을 미치기 때문이다.

고대 유적에서 얻은 강판의 재고가 엄청났고 이번에 경매에 내놓은 알파급 타이탄은 그것들을 사용했지만 가온은 그것을 사용한 타이탄을 이 세상에 유통하고 싶지 않았다.

'벼리와 파넬이 말하길 재질이 다르다고 했지.'

알펜 시티가 보유한 알파급 타이탄의 장갑은 탄소강인 강철 재질이지만 고대 유적에서 확보한 장갑은 합금강인 고강도강이라고 했다.

고강도강은 탄소강인 강철에 소량의 니켈, 망간, 규소를 첨가해서 강도를 높인 것이다.

당연히 그런 고강도강 후판을 사용한 타이탄은 방어력이 뛰어날 수밖에 없었다.

그래서 시장에게 직접 후판을 대량으로 구입하고 싶다고 했다.

알펜 시티에도 대장간들이 많지만 후판을 대량으로 사려면 시 당국을 직접 통해야만 했다.

시장은 이곳에서 계속 경매를 여는 조건으로 그의 제안을 받아들였다. 후판은 어차피 알펜 시티에서 파는 물품 중 하나로 대량으로 판매할 수 있으면 시의 입장에서는 나쁠 것이 전혀 없었다.

　그런데 보안이 얼마나 철저한지 가리엘 전사장이 직접 방문했음에도 안으로 들어갈 때까지 세 번이나 신분패 확인을 받아야만 했다. 물론 가온은 시장으로부터 직접 시를 방문한 귀빈이 사용하는 방문패를 소지하고 있었다.

　공장 안까지 들어가긴 했지만 내부는 볼 수가 없었다.

　가온과 가리엘에게 허락된 공간은 강판은 물론 봉과 같은 다양한 철강 제품들이 두 면에 진열된 큰 규모의 상담실이었다.

　상담에 나선 인물은 볼살이 늘어지고 살 때문에 찢어진 작은 눈이 아주 인상적인 중년 남자였다.

　"반갑네. 나는 알펜 스틸의 판매 전반을 담당하고 있는 러셀 테이번이네."

　방문패를 들고 왔음에도 상대는 거만한 얼굴로 두 사람을 맞이했는데 손님에게 앉으라고 권하지도 않고 자리에 앉는 것이나 대뜸 하대를 하는 것 그리고 무시하듯 한번 보고는 시선을 돌려 버리는 태도가 마음에 안 들었다.

　'갑질을 아주 잘하게 생겼네.'

여기까지 오는 동안 가리엘에게 들은 바로는 알펜 스틸에서 생산하는 후판을 비롯한 철강 제품은 굉장히 인기가 높다고 했다.

'열두 마녀라고 불리는 마탑들도 알펜의 후판을 납품받고 있을 정도면 품질은 괜찮다는 것인데.'

오만하기 그지없는 메가시티의 마탑들도 후판이 필요할 때면 선물 보따리를 들고 찾아온다고 했던 것 같았다.

그래서 그런 것인지 테이번이라는 성에서 알 수 있듯 성주이자 시장의 일가친척이라서 그런 것인지 몰라도 그의 오만한 태도와 사람을 아래로 내려다보는 눈빛이 거슬렸다.

뭐 그래도 가온이 어떻게 할 상황은 아니다. 자신이야 후판만 구입하면 그만이니까.

"아니테라 시티의 온 훈입니다."

"그래, 무슨 일로 왔나?"

"아니테라 시티에서도 타이탄을 생산한다고 합니다. 시장님께서는 이미 연락하셨겠지만 통상 판매하는 가격에서 적당히 할인한 가격에 후판을 살 수 있도록 해 달라는 말씀을 전해 달라고 하셨습니다."

대답은 가온 대신 가리엘 전사장이 했다. 러셀이 자신을 소개한 이후 딱딱해진 가온의 얼굴을 보고 자신이 나선 것이다.

"형님이 그랬다고? 난 연락받은 거 없는데? 그리고 우리 알펜 스틸은 만들어진 이래로 그 어떤 메가시티나 거대 마탑에도 할인을 해 준 적이 없어. 가리엘 전사장이 잘못 들었겠지. 그리고 설사 형님이 그렇게 말했다고 해도 할인 여부는 내가 결정을 하는 거야."

말하는 것을 보니 시장의 동생인 모양인데 정말 싸가지가 없어도 너무 없다.

그의 말을 들은 가온은 차가운 눈빛으로 러셀을 한 쓸어보고는 몸을 돌렸다.

"온 훈 님, 어딜 가십니까?"

"얘기가 끝난 거 아닙니까? 이곳의 후판을 할인된 가격에 구입하는 대신 타이탄을 알펜 시티에서 경매로 내놓기로 시장님과 얘기가 되었는데, 알펜 스틸의 주인인 것 같은 시장님의 동생이라는 분은 전혀 듣지 못했고 할인은 불가능하다고 하니 거래 건은 없는 것으로 하겠습니다."

"네?"

"더 이상 타이탄을 알펜 시티의 경매에 올리지 않겠다는 겁니다. 타이탄을 팔 곳은 많으니까요."

가온은 그 말을 남기고 빠른 걸음으로 상담실을 나왔고 바로 공장 밖으로 향했다.

얼마 후 상담실을 뛰어나온 가리엘이 주변을 돌아봤지만 가온의 모습은 더 이상 보이지 않았다.

"이런 젠장! 대체 일을 어떻게 하는 거야!"

상담실을 한차례 노려본 가리엘이 낭패감이 가득한 얼굴로 시청을 향해 뛰기 시작했다.

날듯이 달려서 용병길드 지부에 도착한 가온은 막 문을 나오고 있는 일단의 용병들과 맞닥뜨렸다.

"온 님!"

경매와 별도로 타이탄을 구입한 아이린이 가장 먼저 그를 알아보고 달려왔다.

"타이탄은 마음에 드십니까?"

"들다마다요. 블루펄은 앞으로 우리 블랙로즈의 상징이 될 거예요!"

벌써 이름까지 지어 준 모양인데 용병단의 이름과 어울렸다.

"온 훈 님, 경매가 끝나고 인사를 하려고 했는데 안 계시더군요. 덕분에 끝내주는 타이탄의 주인이 되었습니다. 감사합니다!"

안면이 있는 메이플 용병단 단장인 알폰소도 낙찰받는 데 성공했다.

"온 훈 님이시군요. 샘슨 용병단을 이끄는 샘슨입니다. 많이 무리하긴 했지만 낙찰받은 타이탄으로 인해 우리 용병단의 전력이 크게 높아졌습니다. 앞으로 잘 부탁합니다."

처음 보는 얼굴이지만 골드패의 주인인 아이린이나 알폰

소와도 막역해 보이는 것을 보면 그 역시 골드패의 주인인 모양이다.

두 사람은 아이린보다 평균적으로 20만 골드나 더 주고 낙찰을 받았지만 무척 만족했다. 타이탄의 제원도 그렇거니와 구동원이 상급이 아닌 중급 마정석이어서 유지 관리비도 현저하게 낮은 점이 흡족했기 때문이다.

"고객이신데 제가 부탁을 해야지요."

"그럼 부탁이 하나 있습니다."

예의상 한 말인데 바로 기회를 놓치지 않는 것을 보면 텁수룩한 수염과 순박해 보이는 눈이 주는 인상과 달리 머리가 좋은 사람인 것 같았다.

"어떤?"

"용병단의 재원을 몽땅 끌어모아서 타이탄을 구입하긴 했지만 조종술부터 시작해서 정비에 이르기까지 필요한 것이 한둘이 아닙니다. 그 부분에 대한 조언을 듣고 싶습니다."

샘슨의 말에 아이린과 알폰소는 그 부분은 미처 생각하지 못했는지 작게 탄성을 터트리며 가온을 쳐다봤다.

생각해 보니 타이탄을 구입한 용병단 입장에서는 당연히 고려해야 할 사항이었다.

이미 타이탄을 다수 보유하고 있는 시티 측의 전사단에 비해서 이쪽은 타이탄만 보유했을 뿐 필요한 다른 것들은 전혀 갖추지 못한 상태였다.

"안 그래도 그것 때문에 용병 지부에 찾아온 겁니다."

용병 측이 타이탄을 3기나 낙찰받았다.

전사단과 달리 갖춰진 인프라가 전혀 없었기에 차후 추가적인 판매를 위해서는 이쪽을 지원할 수 있는 수단 정도는 알려 주어야만 했다.

"그럼 제가 좋은 데를 알고 있으니 그쪽으로 가시지요."

샘슨이 손목을 위로 꺾으며 권했다.

"아니에요! 로랑 지부장도 1기를 구입했으니 함께 들어야죠!"

로랑 지부장이 타이탄 1기를 낙찰받았다는 사실은 금시초문이다. 낙찰자 이름을 확인했는데 분명히 다른 이름이었기 때문이다.

"하지만 지부장은 손님을 만나고 있잖아."

"그래도 의리가 있지, 어떻게 우리끼리만 이 중요한 얘기를 먼저 들어요. 그리고 온 훈 님도 바쁜 분인데 또 여길 들르셔야 하잖아요."

"쩝! 이렇게 중요한 얘기는 술 한잔 마시면서 해야 하는데……."

"아! 그러고 보니 온 님이 정말 맛있는 맥주를 맛보게 해 주셨는데."

"맞아! 내가 마셔 본 중 최고의 맥주였어!"

알폰소에 이어 아이린도 맥주 맛을 떠올린 듯 풀어진 얼굴로 입맛을 다셨다.

"안 그래도 이번에 시티에 들렀을 때 보급을 더 받았는데 손님이 돌아가면 지부장과 함께 마시면서 얘기하도록 하지요."

"와아아! 오늘은 정말 내 인생에서 가장 행복한 날일 것 같아요! 온 님, 안으로 들어가서 기다려요!"

아이린이 마치 생일날 선물을 받은 소녀처럼 천진난만하게 웃으며 가온을 지부 안으로 이끌었다.

네 사람은 사람들은 없지만 여전히 불을 밝히고 있는 사무실 1층에 자리를 잡았다. 사무원들은 이미 퇴근했고 이 시간에 찾아올 용병도 없었다.

"그런데 이 시간에 웬 손님입니까?"

지부장이 직접 독대할 정도라면 꽤 중요한 인물일 것 같아서 길드 사정에 밝아 보이는 아이린에게 묻는 것이다.

"릴센 시티 지부에서 온 손님이라고만 들었어요."

"릴센이라면?"

"이곳에서 말로 두 달 거리에 있는 미들 시티예요. 알펜과 비슷하게 평원에 자리를 잡고 있지만 성의 규모가 몇 배는 더 크고 인구도 그만큼 많아요. 물론 성 주위에 마수와 몬스터도 더 많아서 용병들도 엄청 많고요."

"가 본 적이 있나 보네요?"

"네. 4년 전에 몬스터 웨이브가 발생했을 때 릴센의 외성이 뚫려서 우리 지부에서도 지원을 갔었어요. 골드급 이상

만요."

같은 길드의 지부이다 보니 위급한 상황이 생기면 서로 지원을 나가기도 하는 모양인데 텔레포트 비용이 엄청나게 높다 보니 자주 있는 일은 아닐 것 같다.

그때였다.

"왜 안 들어오고 여기에 있나?"

익숙한 목소리에 고개를 들어 보니 2층 난간에 로랑 지부장이 보였다. 그리고 그의 옆에는 얼굴 왼쪽에 길고 깊은 흉터가 나 있는 장년 사내가 서 있었는데 마른 체구였지만 형형한 눈빛이 아주 인상적이었다.

"오! 온 경도 왔군. 올 거면 미리 얘기라도 하지 그랬소."

이제야 가온을 알아본 로랑이 환하게 웃으면서 반겼다.

"경매가 끝나고 알펜 스틸에 잠깐 다녀오는 길입니다."

"우리가 구입한 타이탄과 관련된 내용의 조언을 해 주시려고 오셨대요!"

한껏 기분이 업된 아이린이 가온의 말을 받아서 이었다.

"아하! 안 그래도 그 부분 때문에 온 경과 얘기를 나누려고 경매장에서 한참 찾았지. 올라와서 다 함께 차라도 한잔합시다. 소개시켜 드릴 분도 있고."

"차는 무슨! 이번에 아니테라에 다녀오시면서 그때 마셨던 맥주를 보급받았다니 그걸 마셔야지요. 지부장님은 책상 밑에 감춰 두고 아껴 먹는 건대추를 내놓으세요!"

"하하하! 그 환상적인 맛과 향을 가진 맥주라면 내 기꺼이 아이린에게도 내놓지 않았던 건대추를 모두 꺼내도록 하지."

그리 크지 않은 지부장실. 원형 테이블에는 맥주 두 통과 말린 대추가 놓여 있었고 사람들은 아직 자리에 앉지 않고 서 있었다.

"온 경, 이쪽은 릴센 시티 용병길드 지부장이자 한때 나와 등을 맞대고 의지하던 사이였던 토바라는 친구요. 토바, 온 경은 미리 말했지만 아니테라 시티의 고위급 전사이며 외부 일을 담당하고 계시다."

"소개받은 토바입니다. 온 경의 뛰어난 무용에 대해서는 이 떠버리에게 많이 들었습니다. 했던 소리를 또 하는 짜증 나는 버릇이 있기는 하지만 과장은 안 하는 성격이라서 만나 기를 고대했습니다."

"온 훈이라고 합니다. 로랑 지부장이 소개한 대로 마르트 산맥 깊은 곳에 위치한 아니테라 시티에서 중요한 임무를 받 고 외부로 나왔습니다."

"자, 자, 소개도 했으니 일단 한 잔씩 하지요. 보리 냄새를 맡으니 회가 동해서 참을 수가 없습니다!"

소개하는 동안 진지한 얼굴을 하고 있었던 사람들은 샘슨 의 말에 피식 웃으며 자리에 앉았다.

"오! 시원합니다! 시원해요!"

가온이 아공간에서 통들을 꺼내는 순간 빠르게 아이스 마법을 걸었기에 당연히 시원할 수밖에 없었다.

낮에는 덥지만 아침저녁으로는 선선한 알펜의 날씨에도 불구하고 맥주는 시원하게 마셔야 진정한 풍미를 느낄 수 있다는 사실 정도는 술과는 관계를 끊을 수 없는 용병들은 잘 알기에 더욱 좋아하는 것이다.

"캬아! 이 맛이지!"

사람들은 이 세상의 맥주와는 차원이 다를 정도로 뛰어난 풍미와 맛을 자랑하는 아니테라 특산의 맥주를 단숨에 들이켜고 더없이 행복한 표정을 지었다.

"그래 알펜 스틸에 다녀왔다고요?"

로랑이 가볍게 꺼낸 말에 맥주 맛에 취해 있던 토바의 눈이 강렬해졌다.

"……후판을 좀 구입할까 싶어서 시장님에게 부탁을 했습니다. 우리 시티는 자급자족을 하고 있었기에 타이탄을 판매하기 위해서는 후판이 추가적으로 더 필요하거든요."

"그래서 구입하기로 한 거요?"

로랑 지부장은 타이탄 경매를 기점으로 가온에게 더 이상 하대를 하지 않았다.

편하게 말을 하는 것은 비슷했지만 나름 존중과 예의를 담기 시작한 것이다.

"아닙니다. 시장의 동생이라는 사람의 태도가 아주 거만하고 할인을 거론한 시장의 말을 단번에 뒤집어 버리더군요."

"시장이 할인 판매를 약속했었소?"

"그렇습니다. 물론 확실하게 할인해 주겠다는 것은 아니고 알펜에서 계속 타이탄 경매를 열어 준다면 할인해 줄 수도 있다는 정도였지만 말입니다."

"러셀 그 돼지 새끼가 거기 책임자로 갔나 보네요."

"시장 일가는 대부분 인성이 괜찮은데 그 새끼 일가는 하나같이 개차반이야."

"안 그래도 대장장이들에게 그리도 갑질을 한다고 하더니 온 훈 경에게도 그 짓을 한 모양이네."

가온의 말이 끝나기가 무섭게 아이린, 알폰소, 그리고 샘슨이 한 인물에 대한 악평을 늘어놓았다.

"그럼 앞으로 경매는 어떻게 할 생각이오?"

"지금부터 생각을 좀 해 봐야지요."

최소한 알펜 시티에서는 할 생각이 없었다.

그때 잠자코 듣던 토바가 조심스럽게 입을 열었다.

"아까 잠시 로랑이 대리인을 내세워서 낙찰받은 타이탄을 살펴보았는데 기존의 타이탄과 비교해서 방어력이 현저하게 높더군요. 혹시 아니테라산 후판이 알펜에서 생산하는 후판과 차이가 있습니까?"

"있습니다. 우리기 제작한 타이탄은 기존 타이탄에 비해서 방어력의 대략 50% 정도 높습니다. 그 이유는 후판의 재질이 다르기 때문인데 아니테라에서는 강철에 밝힐 수 없는 성분을 추가해서 강도를 높인 특수강을 사용하고 있습니다."

"특수강요?"

자신의 용병단이 타이탄을 낙찰받았기에 귀를 쫑긋 세우고 가온의 말을 경청하던 아이린이 처음 듣는 단어에 눈을 크게 떴다.

"강철에 특수한 성분을 추가해서 원하는 목적에 부합하는 성질로 개선시킨 것을 특수강이라고 부릅니다. 주로 야지에서 대형 마수나 몬스터를 상대하는 타이탄을 위해서는 녹이 스는 현상을 막고 방어력을 높이기 위해서 강도를 높일 필요가 있지요. 우리는 그런 특수강을 사용하지만 특수강을 만드는 데 많은 인력과 시간이 필요하기 때문에 다음 경매부터는 기존의 타이탄처럼 일반 강철을 사용한 후판을 사용하기로 했습니다. 그래서 대량의 후판을 구매하려는 것이고요."

"그, 그럼 다음 경매에 나올 타이탄들은 방어력이 하락하는 겁니까?"

"어쩔 수 없습니다. 특수강은 일반 강철에 비해 복잡한 추가 공정이 필요하기 때문에 무게당 가격이 세 배 정도나 비싸니까요. 그래서 기동 시범을 보였을 때도 동체의 방어력을 측정하는 루틴은 따로 넣지 않은 겁니다."

가온의 말에 타이탄을 낙찰받은 이들의 얼굴이 확 밝아졌다. 무리해서 낙찰받은 보람이 있었다. 방어력이 기존의 동급 타이탄에 비해서 50% 이상 높다면 50만 골드도 절대로 비싼 것이 아니었다.

"저도 타이탄의 제작비에 대해서는 자세하게 알지 못하지만 특수강을 쓸 경우 이번 경매의 평균 낙찰가는 되어야 수익이 난다는 말은 들었습니다."

샘슨 등은 타이탄을 낙찰받은 것도 좋았지만 턱없이 비싼 가격에 구입한 것이 아니라 오히려 적정한, 아니 싸게 산 것일 수도 있다고 생각하고 내심 기뻐했다.

"혹시 다른 시티에서 후판을 구입할 의사는 없으십니까?"

"알펜 스틸에서 생산하는 후판과 동급의 품질이라면 어디든 상관이 없습니다."

조심스럽게 물었던 토바는 가온의 대답을 듣고 대번에 얼굴이 환해졌다.

"그럼 타이탄의 경매는 어떻게 되는 겁니까?"

"그곳에서 원하면 그렇게 해야지요."

"그럼 저희 릴센 시티를 고려해 주십시오."

토바가 간절한 얼굴로 말했다.

"릴센에서도 후판을 생산합니까?"

타이탄 전력은 모든 시티가 원하는 일이니 그 부분은 물어볼 필요가 없었다.

"네. 일찍부터 광산업이 발달한 알펜보다 시기는 좀 늦었지만 저희 릴센 시티 인근에도 철광산을 포함한 많은 광산을 개발하고 있습니다. 당연히 제련소와 제철소가 있으며 철강소들도 즐비하고요. 그곳에서 생산된 강철의 질은 얼마 전까지만 해도 알펜 스틸의 그것보다 낮았지만 지금은 동일, 아니 더 높다고 자부합니다. 다만 타이탄을 제작하는 메가시티나 대형 마탑과 끈끈한 유착 관계를 유지해 온 알펜 시티의 지속적인 견제와 방해로 인해서 제값을 주고 판매를 하지 못하는 상황입니다."

그런 것은 지구의 현실에서도 비일비재로 일어나는 일이니 어느 쪽이 좋고 나쁘다고 판단하기는 어려웠다. 지금 가온에게 중요한 것은 후판을 저렴하게 살 수 있느냐 하는 점이다.

"얼마까지 할인해 줄 수 있습니까?"

"알펜이 판매하는 가격의 절반에 물량의 제한 없이 판매할 수 있습니다."

"흐음."

자신의 질문에 곧바로 나오는 대답을 보니 릴센 시티 측으로부터 전권을 부여받고 찾아온 것 같다.

"문서로 약속을 받을 수 있습니까?"

이번에 알펜 스틸에서 당한 수모를 통해서 서류화된 약속의 중요성을 확실하게 깨달았다.

'시장의 동생이 독단적으로 행동한 것이든 시장의 전략적인 의도이든 구두 약속은 믿을 수 없어.'

"당연합니다! 이곳 지부에도 서류를 보낼 수 있는 소규모 텔레포트 진이 있으니 바로 요청하겠습니다!"

용병길드의 지부이니 사람은 몰라도 정보를 기록한 서류처럼 작은 물건은 특정한 장소로 보낼 수 있는 텔레포트 진이 있다는 건 어쩌면 당연한 일이다.

"그럼 그렇게 해 주십시오. 바로 움직이겠습니다."

알펜 시티에 대해서 미련을 가질 이유가 전혀 없으니 망설일 이유도 없었다.

"그럼 잠시만 기다려 주십시오. 로랑, 부탁하네!"

"이런 제기랄! 러셀 그 새끼가 일을 아주 이상하게 만들어 버리네! 내가 맡은 지부 입장에서 보면 안타까운 일이지만 어쩔 수 없지. 가세!"

그렇게 말하며 자리에서 일어나는 로랑의 얼굴에는 복잡한 감정이 뒤섞여 있었다.

그 시각 테이번 시장은 집무실에서 통신기를 통해 동생인 러셀과 통화를 하고 있었다.

"이 바보 같은 새끼야! 내가 간을 보라고 했지 너보고 그렇게 거만한 태도로 손님을 불쾌하게 만들라고 했냐?"

─하, 하지만 형님께서 일단 기선 제압을 위해서 할인 얘기는 전혀 못 들은 척하라고 하시지 않았습니까? 게다가 그 이유로 기존의 거래에서도 할인을 전혀 해 주지 않고 있다고 피력하라면서요!

"그니까 그렇게만 말하면 되지 왜 손님을 기분 나쁘게 하냐고? 너 직위조차 제대로 밝히지 않았다면서!"

—그야 상대가 용병이라면서요. 그럼 시장의 친동생인 제가 천한 용병 놈에게 손이라도 비벼야 했단 말씀입니까?

"뇌에 그저 술과 여자밖에 없는 어리석은 새끼! 내가 그 용병이 그냥 용병이 아니라 한 시티의 최고위층이라고 했냐, 안 했냐?"

—하지만 그래 봐야 우리 시티의 후판이 필요해서 찾아온 놈일 뿐입니다. 아직 머리에 피도 마르지 않는 어린놈이고요!

"후유! 미치겠네! 너 이번 거래가 무산되면 어떤 일이 벌어지는지는 알아?"

시장은 잘못을 하고도 반성은커녕 더욱 목소리를 높이는 동생의 태도에 한숨을 쉬더니 크게 숨을 들이쉬고는 조곤조곤 물었다.

—기껏해야 타이탄 경매를 우리 시티에서 열지 못하는 것밖에 없지 않습니까? 우리야 후판 판매로 인해서 적은 수량이기는 하지만 매년 판매 대상에 들어가 있으니 타이탄을 확보하는 데는 아무런 문제가 없지 않습니까?

"그냥 타이탄이 아니라 기존 타이탄에 비해 2할 이상 전투력이 높은 타이탄이라고 몇 번 말을 해!"

—아무리 그래도 전 형님이 왜 제대로 검증도 되지 않은 타이탄에 빠져 있는지 이해가 안 갑니다. 가리엘에게 들으니 평균 낙찰가가 50만 골

드였다면서요. 그 돈이면 타이탄 3기를 살 수 있습니다. 이건 아무리 생각해도 잘못된 겁니다!

시장은 동생의 말에 잠시 아무 말도 하지 않고 생각에 잠겼다.

'행실이 좀 그래서 그렇지 러셀의 말이 영 틀린 건 아니야.'

처음에는 타이탄의 놀라운 제원에 푹 빠져서 좀 더 많은 수량을 확보하기 위해서 할인 약속까지 했지만 곧 너무 비싸다는 생각에 동생에게 통신을 넣어서 간을 좀 보고 협상을 통해서 할인 폭을 최소화하려고 했다.

'후판까지 할인해서 파는데 그렇게 비싸게 구입할 필요가 있을까?'

아무리 전용 아공간 카드가 있고 동력원으로 중급 마정석을 사용할 수 있어서 유지 관리비가 적게 들어가며 전투력이 동급과 비교해서 2할가량 높다고 해도, 3배나 높은 가격을 주고 구입하는 건 아니테라라는 시티의 배만 불려 주는 꼴이다.

"후유! 알았다. 일단 끊어!"

시장은 동생이 뭐라고 했지만 바로 통신을 끊어 버렸다.

"그래! 우리 시티에서 후판을 못 사면 타이탄을 추가로 만들기도 어려운 것 같은데 제가 뭘 어떻게 하겠어."

시장은 아니테라 시티 측이 후판 문제 때문이라도 자신에게 고개를 숙이고 들어올 수밖에 없을 테니 그것을 잘 이용해서 기존에 구입했던 가격에 타이탄을 구입할 수 있을 거라고 애써 긍정적으로 생각했다.

시장은 가온이 앞으로도 알펜에서 활동할 거라고 철석같이 믿고 있었다.

릴센 시티

다음 날 아침, 시장이 집무를 시작하려고 했을 때 비서관이 급하게 뛰어 들어왔다.

"무슨 일인가?"

"릴센 시티에 몬스터 웨이브가 발생했답니다!"

"으음. 벌써 그럴 때가 되었나?"

몬스터 웨이브는 대략 3, 4년에 한 번씩 발생하는데 릴센 시티의 경우 4년 전에 몬스터 웨이브가 발생했었다.

"그럼 지원 요청이 온 건가?"

"아직 본격적인 웨이브가 시작된 것이 아니기에 일단 용병들의 텔레포트 마법진 사용 허가를 요청해 왔습니다."

몬스터 웨이브가 각기 다른 시기에 발생하기 때문에 동맹을 맺은 시티들은 지원군이나 시티에 기반을 두고 활동하는 용병들을 이런 식으로 보낸다.

다만 텔레포트 마법진을 사용해서 사람을 보내는 경우 대형 마법진이 필요하기에 굉장히 많은 비용이 발생하는데, 비용은 도움을 요청한 시티가 부담한다는 것이 암묵적으로 정해진 규약이다.

말로 두 달 거리에 있는 릴센 시티와는 동맹 관계는 아니었다. 거리는 멀리 떨어져 있지만 그곳의 특산물이 알펜과 겹치는 부분이 꽤 있어서 서로 견제를 하는 관계였기 때문이다.

하지만 그렇다고 노골적으로 적대하겠다는 의지를 표명하는 비우호 관계는 아니기에 시장의 권한으로 충분히 허가할 수 있는 일이다.

'설마 우리 시티의 용병단들이 타이탄을 낙찰받은 사실을 파악하고 수작을 부리는 건 아니겠지?'

시장은 잠깐 그런 생각을 했지만 이내 고개를 저었다.

보통 100명 정도 텔레포트를 시키려면 상급 마정석 수백 개가 필요하기에 비용이 엄청나서 그럴 가능성은 별로 없었다.

'가만! 우리 시티의 웨이브도 발생할 때가 그리 머지않았네.'

대략 2년 반 전에 발생했으니 빠르면 6개월 후에 발생할 수도 있지만 웨어울프와 회색늑대 들이 거의 다 정리되었기 때문에 더 시간이 지난 후 발생할 수도 있었다.

아무튼 지금 당장 웨이브가 발생하는 것도 아니고 이곳이 기반인 용병들이 릴센처럼 마수와 몬스터가 들끓는 위험한 환경에서 눌러앉을 일은 없으니 문제 될 것은 없었다.

"알았어. 용병 지부에 문서를 보내 정식으로 의뢰를 하라고 해. 실버 등급 이상으로 100명 정도면 적당하겠지. 마탑에도 연락을 취해서 용병들이 도착하면 텔레포트 진을 가동하라고 하고."

전사들이라면 시티 수뇌부 회의를 소집해서 모든 이해득실을 따지고 고려해서 신중하게 결정해야 하지만 용병들을 파견하는 문제는 그럴 정도는 아니다.

"네, 알겠습니다!"

비서관이 나간 후에도 시장은 일에 집중할 수 없었다. 가온과 관련된 일 때문이다.

'설마 약속을 지키지 않았다고 경매를 안 여는 건 아닐까? 지금이라도 후판을 할인해서 팔까? 어떻게 한다?'

알펜을 메가시티로 성장시키려면 타이탄 전력을 강화시키는 것은 필수적이다.

'그렇다고 덤터기를 쓸 수는 없지. 그래! 우리 알펜이 아니면 질 좋은 후판을 어디에서 구하겠어. 나를 다시 찾을 때까지 일단 기다리자.'

시장은 알펜 스틸에서 생산되는 후판의 품질을 믿기도 했지만 알펜 시티가 아니테라 시티에서 가장 가까운 곳이라는 점을 고려해서 애써 마음을 안정시켰다.

"잘 오셨소! 나는 릴센 마탑의 부탑주이자 릴센 스틸을 맡고 있는 라마시오 엘케요."

가온이 다른 용병들과 함께 텔레포트 마법진을 통해 릴센 마탑에 도착하자 거물급이 가온을 반겨 주었다.

"아니테라 시티의 타이탄 전사단을 맡고 있는 온 훈이라고 합니다."

가온은 알펜 스틸에 방문했을 때 수모를 받고는 한참 고민한 끝에 누구나 인정할 직위를 언급하지 않아서 무시를 받은 것이라고 결론을 내렸다.

"반갑습니다. 시장님을 비롯한 시티 수뇌부가 기다리고 있으니 함께 가십시다."

"아, 네."

알펜보다 훨씬 규모가 큰 시티의 수뇌부가 자신을 기다린다는 말이 좀 황당하게 들렸지만 일단 이곳에서 후판을 구입하고 타이탄 경매를 하려면 그 정도 인물들과의 만남은 필수적이었다.

"온 경, 혹시 아니테라 시티에서도 마탑이 타이탄 공방을 관할합니까?"

가는 도중 라마시오 마법사가 소리를 낮추어 물었다.

"그렇습니다."

"하아. 그게 당연한 것을……."

답답하다는 얼굴로 한숨을 내쉬는 모습을 보니 이곳은 사정이 다른 모양이다.

"그런데 몬스터 웨이브 상황은 어떻습니까?"

릴센 시티는 가온의 합법적인 방문을 위해서 몬스터 웨이브 현상을 거짓으로 알린 것이 아니다. 실제로 며칠 전부터 웨이브의 강한 전조가 나타났다고 했다.

"놀이나 코볼트와 같은 놈들부터 고블린 그리고 오크들이 빠르게 늘어나서 지금은 성을 포위한 상태라오."

상상이 잘 가지 않았다. 마수와 몬스터 들이 알펜보다 몇 배는 더 큰 규모의 성을 포위할 정도로 많다니 말이다.

"아직 공격이 시작되지는 않았다는 거군요?"

"그렇소. 통상적으로 우리 시티에서 웨이브가 발생한 경우를 고려하면 놈들을 지휘할 오우거가 출현하고 나서 본격적으로 공세가 시작될 것이오."

"평소에는 서로 잡아먹는 관계인 마수와 몬스터 들이 한곳에 모였는데 왜 서로를 공격하지 않고 인간을 공격하는 겁니까?"

놈들이 누군가에게 정신 지배를 당했다면 이해가 될 텐데 텔레포트를 하기 전에 같은 용병들에게 들은 바로는 그런 것도 아니라고 했다.

대략 일주일 정도 유지되는 몬스터 웨이브 기간에는 한자리에 모인 마수와 몬스터 들이 전혀 싸우지 않는다는 것이다. 대신 죽은 놈들을 먹는다고 했다.

"아주 오래전부터 마탑들이 연구해 왔지만 아무도 원인을 파악하지 못했소, 그 잘난 영인들조차도."

라마시오 마법사는 마치 영인들에게 원한이 있는 것처럼 그 단어를 언급할 때는 코웃음을 치기도 했다.

확실한 것은 일주일만 버티면 된다는 사실이다. 물론 그 튼튼한 성벽을 부술 수 있는 트롤이나 오우거와 같은 괴물들이 있으니 결코 쉬운 일이 아니지만 말이다.

"대비는 어떻습니까?"

"나름 준비를 한다고 했는데 마침 전사들이 광산 지역으로 많이 파견을 나가 있는 상황이라서 전력이 굉장히 부족하오."

그래서 알펜 시티의 용병 파견을 요청한 모양이다.

어느새 마탑 밖으로 나온 라마시오는 시청으로 보이는 건물 쪽으로 향했는데 대기하고 있던 전사 네 명이 따라붙었다. 아마 호위 전사들인 모양이다.

막 시청에 도착했을 때 라마시오 마법사가 입을 열었다.

"그곳은 독자적으로 타이탄을 개발했다고 들었는데 맞소?"

"그렇습니다. 100여 년 전에 고대 유적지에서 얻은 설계도 한 장이 시작이었습니다."

"혹시 그 설계도를 우리 마탑에 팔 의향은 없소? 돈은 달라는 대로 다 주겠소."

라마시오는 간절한 얼굴로 물었지만 그건 아직은 고려할 사항이 아니다. 나중이라면 어떨지 알 수 없지만 말이다.

가온이 아무 대답도 하지 않자 라마시오는 고개를 푹 숙였다.

"말도 안 되는 제안이라는 사실은 알고 있소, 너무 답답해서 그러오. 타이탄이 어떤 존재인지 제대로 알지도 못하는 것들이 연구 자금이 너무 많다고 지랄을……."

가온은 라마시오가 답답해하는 부분이 어떤 것인지 알 수 없어 대꾸를 하지 않았다.

그렇게 두 사람이 시청으로 들어가자 기다렸던 관리 두 명이 안으로 안내를 했다.

안내를 받아서 도착한 회의실에는 호인족의 피를 이었는지 눈이 부리부리하고 얼굴에 긴 털이 많은 장년 남자를 비롯해서 열두 명이나 되는 사람들이 긴 타원형 테이블을 채우고 있다가 자리에서 일어났다.

호인족의 외형을 가진 장년인이 손을 내밀며 자신을 소개했다.

"나는 릴센 시티의 시장인 헤겐 다르셀이라고 하네."

"아니테라 시티의 타이탄 전사단장인 온 훈이라고 합니다."

손을 잡을 때 느낀 악력이나 방출한 마나파의 반응으로 보아 시장은 놀랍게도 익스퍼트 상급의 강자였다.

"릴센 시티에 온 것을 환영하네. 이 자리에 있는 이들은 우리 시티의 핵심 인사들이네. 소개하도록 하지."

시장은 한 명씩 소개를 했는데 직책으로 보아 시티의 핵심 인사들이 확실했다. 행정부장, 농산부장, 재무부장, 공산부장, 헌터부장 등 국장이 아니라 부장이라는 직함을 가진 이들은 하나같이 형형한 눈빛으로 가온과 인사를 나누었다.

"마침 몬스터 웨이브가 발생해서 그대를 초청하는 과정이 매끄러워서 다행이네. 나 같으면 절대로 우리 시티로 보내지 않았을 텐데 말이야."

만나는 기회가 꽤 있었는지 알펜 시티의 시장을 잘 알고 있는 것처럼 말하는데 사이는 별로, 아니 많이 안 좋은 모양이다.

"저를 이 자리에 초대한 이유가 있을 텐데, 말씀하시지요."

가온은 굳이 모르는 이들 사이에서 오래 시간을 보내고 싶지 않았다.

"타이탄을 구매하고 싶소."

"그야 문서로 약속을 했으니 열흘 후에 경매를 이곳에서 열 겁니다."

후판을 시세의 절반으로 원하는 만큼 구입하는 대신 그렇게 하기로 했지만 굳이 시티 측에 판매할 필요는 없었다.

"그렇기는 한데 아니테라에서도 비상용으로 비축한 물량이 있을 것 아닌가. 우리 사정이 급하니 미리 당겨서 판매를 해 주었으면 좋겠네. 가격은 알펜에서 열린 경매의 평균가인 50만 골드로 하고."

간절해 보이는 시장의 얼굴과 부탁에 잠시 고심하는 척하다가 받아들일 생각이었던 가온의 얼굴이 한 여자의 말에 딱딱하게 굳었다.

"절대로 안 돼요, 시장님! 50만 골드면 정가의 세 배인데 저희 재무부는 절대로 그런 자금 사용을 받아들일 수 없어요! 게다가 우리는 이미 후판을 절반 가격에 무한정으로 판매하기로 했다는 점을 고려해 주세요."

한눈에도 엄청나게 깐깐해 보이는 여자는 재무부장이었다.

'생각보다 시장의 권위가 약하거나 후판 거래 건은 시장의 독단이었던 모양이네.'

그런 생각을 하고 있을 때 시장처럼 호인족의 외양을 많이 가지고 있는 사내가 손을 들더니 입을 열었다.

"본디 물건의 가격은 상황에 따라서 달라집니다. 현재 전사 전력의 절반이 광산 지역에 있고 이쪽을 지원하기 불가능한 상황에 처한 우리 시티로서는 그 정도 가격으로 타이탄을 구입하는 것만으로도 감사해야 합니다."

"저는 재무부장의 의견이 타당하다고 봅니다. 아니테라 시티는 너무 많은 이윤을 챙기려고 합니다. 선례가 될 수 있고 부족한 전력은 알펜에서 익스퍼트급 용병 300여 명이 왔기 때문에 어느 정도 보충할 수 있습니다. 절대로 그 가격에는 타이탄을 구입해서는 안 됩니다!"

"하지만 문제는 거대 마수와 몬스터를 상대할 수 있는 타이탄 전력이 현저하게 낮다는 점이오. 헌터부장의 말대로 지금은 돈에 연연할 때가 아니란 말이오!"

"아무리 그래도 재정 악화가 눈에 보이는데 어떻게 바가지를 쓴단 말인가요?"

회의실 분위기는 순식간에 과열이 되고 있었다.

'풋! 아주 난장판이네.'

묵묵히 그 광경을 지켜보는 가온은 내심 헛웃음을 흘렸다. 엄연히 시장이 있는 자리에서 이렇게 격렬하게 말싸움을 하다니 좀 한심해 보였다.

"그만!"

시티 수뇌들이 활발하게 의견을 개진하다가 불이 붙었다고 생각되자 결국 시장이 나섰다.

"다시 한번 말하지만 지금 시점에서는 돈에 연연할 때가 아니다. 게다가 난 이미 계약서에 서명을 했어!"

"그래도 이건 아니에요! 우리 시티의 자금이 무한정인 것
도 아니고 절대 안 된다고요!"

카리스마가 느껴지는 시장의 말에도 재무부장이라는 여자
는 자신의 의견을 굽히지 않았다.

그때 상황을 지켜보던 가온이 천천히 입을 열었다.

"이거 상황이 아주 우습군요."

가온의 말에 릴센 시티의 수뇌들의 얼굴이 하나같이 사나
워진다.

"그런데 그건 아시는지 모르겠습니다. 우리 아니테라의
타이탄은 전용 아공간 카드가 있어서 언제 어느 장소에서나
소환할 수 있으며 기존 타이탄 대비 2할가량 높은 전투력을
가지고 있다는 사실을 말입니다. 거기에 동력원은 상급이 아
니라 중급이지요."

"정말 중급 마정석으로 기동한단 말이오?"

헌터부장이라고 소개받은 중년인이 물었는데 시선은 시장
에게 향하고 있었다.

"맞소. 용병길드의 토바 지부장이 이미 확인한 사항이오."

"원한다면 이 자리에서 확인할 수 있습니다."

시장의 말에 이은 가온의 대답에 사람들의 안색이 크게 변
했다.

타이탄이 전략 무기인 것은 거대 마수나 거대 몬스터를 대

상으로 막강한 전투력을 발휘한다는 점이다.

하지만 명백한 단점이 있었다. 전용 아공간 아이템이 없어서 최상급에 해당하는 아공간 아이템으로도 알파급 정도만 보관할 수 있어 활용이 어렵다는 점이다.

하지만 아니테라에서 생산한 타이탄은 기존 타이탄 대비 전투력이 2할이나 더 높으며 방어력은 무려 5할이나 높으면서도 구동원이 상급이 아니라 중급 마정석이다. 거기에 전용 아공간 아이템도 있다.

이 사실이 다른 시티에 알려지면 50만이 아니라 필요한 시티의 경우 100만을 주고서라도 구입하려고 할 것이다.

"하지만 그래도 너무 비싸요! 후판을 얼마나 구입할지 모르는 상황에서 절반이나 할인을 해서 판매를 한다는 점을 고려해야만 해요!"

재무부장이라는 여자의 목소리는 이전보다 한풀 꺾였지만 여전히 부정적인 내용을 담고 있었다.

그때 가온이 다시 입을 열었다.

"후판을 할인해서 구입하는 조건으로 우리 시티에서 시장님께 약속한 사항은 타이탄 10기를 경매에 내놓겠다는 겁니다. 나는 릴센 시티에 타이탄을 판매하겠다고 약속하지 않았습니다. 그러니까 지금 여러분이 하고 있는 말은 아무런 의미도 없습니다."

"이건 말이 안 되는 계약이에요. 우리 시티에 타이탄을 판매하는 것도 아니고 경매에 타이탄 10기를 내놓는 조건으로 우리 시티는 후판을 절반에 팔아야 한다고요. 물량에 제한도 없이요."

재무부장의 말에 사람들은 하나둘 고개를 끄덕였다. 그녀가 왜 이렇게 흥분해서 시장의 결정을 번복하려고 하는지 알 수 있었다.

물론 경매가 열리면 구매자야 당연히 시티 측이 되겠지만 만약 자금력이 높은 상단들이 낙찰을 받게 되면 릴센 시티는 후판을 절반으로 할인해서 무제한으로 판매를 하면서도 아무런 대가도 챙기지 못하게 되는 것이다.

시장도 그런 점을 생각했는지 재무부장의 말에 더 이상 입을 열지 않고 가온을 쳐다봤다.

"그럼 지금의 이 상황은 시장님이 술김에, 혹은 미처 잠이 깨지 않은 상황에서 너무 성급하게 계약을 했다고 보면 되겠습니까?"

"끄웅!"

시장은 가온의 물음에 난감한 얼굴로 대답을 하지 못했다.

"다행히 시장님의 제안을 시티 측에 알리지 않은 상황이니 시장님이 약속하신 내용이 들어 있는 이 문서는 안 받은 것으로 하겠습니다. 다만 지원을 하러 왔으니 몬스터 웨이브를 막는 데 최선을 다하겠습니다.

가온은 그 자리에서 토바로부터 받은 문서를 찢어 버렸다.

'황당한 곳이네.'

알펜의 시장이 독재자 스타일이라면 이곳의 시장은 뛰어난 실력을 가진 전사지만 가신들에게 휘둘리는 것 같았다.

"이, 이게 무슨 짓이오?"

"무엄한!"

"감히 시장님의 약속이 담긴 증서를 찢다니!"

가온은 몇몇 사람들의 거친 반응에 피식 웃었다.

'뭐야? 설마 타이탄을 경매가 아니라 수의계약으로 구입할 생각이거나 타이탄의 가격을 후려치고 이렇게 지랄을 한 거야?'

가장 먼저 재무부장의 당황한 표정이 가온의 짐작이 맞다는 사실을 알려 주었다.

'기가 막히네.'

뭐 어떻게 생각하면 당연한지도 모른다. 시장이 급한 마음에 타이탄 구매를 전제로 후판을 절반 가격에 판매하기로 했는데, 나중에 가신들이 살펴보니 자칫하면 타이탄을 구입하지 못할 수도 있음을 확인하고 분위기를 만들어서 경매가 아니라 수의계약으로 구입하려고 한 것이 아닐까 싶었다.

'알펜도 릴센도 시장이 문제네.'

아무튼 당분간 타이탄 판매는 멈춰야 할 것 같다. 타이탄의 가치도 제대로 못 알아보는 이들에게 군이 팔 필요는 없었다.

'차라리 용병길드를 대상으로 경매를 열면 어떨까?'

시티들이 하는 짓은 비슷한 것 같으니 차라리 타이탄이 절실한 용병들만 대상으로 경매를 여는 것이 나을 것 같았다.

"감히 시장님의 권위를 손상하다니! 자네, 이러고도 우리 시티에서 살아남을 것 같나?"

헌터부장이라는 자가 살기를 노골적으로 발출했는데 익스퍼트 최상급인 만큼 살기는 평범한 사람은 심장이 멈춰버릴 정도로 강렬했다.

파앗!

가온의 얼굴이 차가워지는가 싶더니 갑자기 몸이 거대해졌다. 그리고 그에게 쏠렸던 살기가 아지랑이처럼 흩어지더니 이내 심혼을 강하게 옥죄는 살기가 릴센의 수뇌부를 압박했다.

감당하기 힘든 살기에 잠식된 수뇌부의 얼굴이 창백하게 질렸다.

"하아! 내가 시장님의 권위를 손상했다고? 시장님이 직접 한 약속을 번복하려고 한 행동이야말로 시장님의 권위를 손상시키는 짓이라고는 생각지 않나?"

가온은 단순히 살기만 방출하는 것이 아니라 검대에 꽂힌 단검을 뽑아서 1미터에 가까운 오러 블레이드를 순식간에 뽑아냈다.

"흐업!"

"소드마스터!"

규모가 중형급인 릴센 시티에서도 단둘밖에 없는 소드마스터가 좁은 실내에서 살기를 담은 기세를 뿜어내자 시티 수뇌부들은 얼굴이 하얗게 질렸다. 금방이라도 오러 블레이드가 자신의 몸을 양단할 것 같은 강렬한 위협감을 느낀 것이다.

"하아! 우리 시티 같았으면 여러분은 시장의 권위를 손상시킨 죄로 직위 해제는 물론 몇 년은 금고 처분을 받았을 것이다. 아무튼 내 입장에서는 굉장히 불쾌한 상황이고 애써 잘 참고 있는데 더 이상은 도발하지 맙시다. 여러분, 아시겠습니까?"

끄덕! 끄덕!

아이테르 차원은 법보다 무력이 잘 통하는 것 같았다.

가온의 실력 행사에 사람들은 아무도 소리를 내지 못하고 빠르게 고개를 끄덕였다. 이 자리에서 소드마스터가 날뛰면 아무도 살아남을 수 없다는 사실을 잘 아는 것이다.

"어쨌든 시장님과 맺은 계약은 여러분이 거부한 겁니다. 후판의 구입도, 타이탄의 경매 건도 없는 겁니다. 그러니 이걸로 끝내도록 하지요. 시장님, 함께 온 알펜 출신의 용병들이 있는 곳으로 안내할 전사 한 명만 붙여 주십시오."

"아, 알겠소. 그, 그런데 정말 우리 시티와 정녕 거래를 안 할 생각이오? 경매는 해야 하지 않겠소?"

가온은 자신의 실력 행사에 시장의 말투가 달라지자 내심 쓴웃음을 지었다.

"다시 말씀드리지만 안 합니다. 이해득실을 따지는 가신들의 태도로 보아서 상황이 위급해 보이지도 않고요. 지금 기분 같아서는 당장이라도 이곳을 떠나고 싶지만 계약은 계약이니 몬스터 웨이브가 끝나면 다른 시티로 갈 생각입니다."

불쾌감이 고스란히 드러나는 가온의 대답에 시장은 매서운 눈길로 시티 수뇌부를 쏘아보더니 이내 다시 입을 열었다.

"우리 시티 측에서 실수를, 아주 큰 실수를 한 건 인정하오. 그러니 타이탄 경매는 반드시 우리 시티에서 해 주시오! 제발 부탁하오!"

"후판이 없어서 만들 수도 없고 지금으로서는 생각이 전혀 없습니다. 그럼."

가온이 단호하게 제안을 거절하고 문쪽으로 향하자 생활부장이라는 여자가 따라붙었다.

"제가 안내할게요. 알펜에서 건너온 용병들은 지금 손님 전용 숙소로 안내되었을 거예요."

다른 수뇌들이 갑론을박할 때 유일하게 입을 열지 않고 다른 수뇌들을 한심하게 바라보아서 그런지 무척 호감이 가는 여자였다.

'호오! 여우의 피를 이은 건가?'

20대 후반으로 보이는 생활부장은 풋풋함과 발랄함은 물론 성숙미와 원숙미까지 다양한 매력을 갖춘 아름다운 미녀였는데 얼굴이 전형적인 여우상이다.

차갑게 얼어붙은 회의실을 나온 여우상의 생활부장이 고혹적인 미소를 머금고 가늘면서도 매력적인 눈으로 가온을 한번 쳐다보며 입을 열었다.

"죄송해요."

"아닙니다."

"손님을 모셔 놓고 추태를 부렸어요. 성주의 맏딸이자 재무부장인 로레인이 생각해 낸 잔꾀에서 나온 의도적인 행동이었어요."

"자연스럽지 않다는 것은 느꼈습니다."

어쩐지 이상했다. 아무리 시장이 권위가 없어도 그렇지 약속을 한 시장이 있는 자리에서 가신들이 그렇게 소리를 높여서 싸우는 것은 말이 안 된다. 그것도 타 시티와의 약속임에도 말이다.

"정말 우리 시티에 실망하셨나요?"

"그렇습니다. 방금 전 상황이 연출된 것이라도 문제고 아니라고 해도 문제입니다. 이런 곳과는 오래 거래할 생각이 없습니다."

"온 님은 절대 강자라서 그런지 정말 당당하시네요."

"절대 강자는요. 나 정도의 실력자는 우리 시티에만 열 명이 넘습니다."

"아! 정말요?"

한 시티에 소드마스터가 열 명이라니 믿을 수가 없었지만 그래도 경악할 수밖에 없었다.

"아시는지 모르겠지만 본 시티는 마르트 산맥 깊은 곳에 있습니다. 여기처럼 높고 단단한 성벽도 쌓을 수가 없어서 항상 마수와 몬스터 들과 싸우면서 지금까지 생존해 왔습니다."

"그런 곳이니 강자가 많은 것은 당연하군요. 아무튼 온 님의 당당한 태도에 반했어요."

"네?"

잘못 들은 줄 알았다. 처음 만난 자리에서 여자가 자신에게 반했다고 말하는 건 처음이다.

"당연히 아니테라에서도 높은 신분일 테니 여자가 없지는 않겠죠? 그래도 진심이에요. 온 님과 같은 남자라면 인간으로 치면 50년이 넘게 지켜 온 순정을 몽땅 드릴 수 있어요."

농담인 줄 알았는데 진심이다. 굳이 심안 스킬을 발동하지 않아도 진심이 가득한 눈빛과 태도를 보면 알 수 있었다.

'신선하네.'

자신이 꽤 잘생긴 편이라는 사실도, 생존의 위협으로 인해서 무력이 절대적인 가치가 된 세상에서는 무력이 가장 큰 매력으로 작용하기 때문에 항상 여자들에게 선망의 시선을 받는다는 사실도 잘 알고 있었다.

멀리에서 찾지 않아도 그런 여인들이 있다. 자신에게 마음이 있는 엘프 대전자장들도, 나가퀸도, 스노족 수장도 은근하게 유혹을 할 뿐이었다.

하지만 이렇게 노골적으로 구애하는 여인은 본 적이 없었다. 그리고 구애하는 태도도 당당해서 그런지 강한 호감이 솟아났다.

'그러고 보니 몸매도, 미모도 심지어 목소리도 최상이네.'

볼수록 예뻐 보이는 유형의 여자였다. 게다가 목소리도 맑고 청아해서 순결해 보이면서도 작은 몸짓도 남자의 마음을 끄는 염기(艶氣)가 서려 있는 것을 보면 볼수록 많은 매력을 가진 사람인 것 같았다.

"가슴이 설레기는 하는데 그건 안 됩니다. 아내만 넷입니다."

"온 님과 같은 남자에게는 넷으로도 부족하죠."

"네?"

"몸에 태양을 품고 계시잖아요. 여자 네 명으로도 감당하기 힘들 것 같은데요."

"그걸 어떻게?"

정말 신기했다. 자신이 만난 그 누구도 자신의 상황을 전혀 알아차리지 못했던 것이다.

"여우족의 진혈을 타고난 저만의 능력이에요. 사람의 진짜 모습을 알아볼 수 있는 능력이라서 절 어릴 때부터 무척 힘들게 만든 능력이지요."

심안과 유사한 능력이 모양이다.

"아! 여우족입니까?"

처음 듣는 것을 보면 희귀 수인족인 모양이다.

"네. 대대로 릴센 시티의 안주인은 저희 여우족에서 나왔거든요. 그래서 저도 10년 전에 여우성에서 이곳으로 왔어요."

여우족이라는 말을 들으니 외모가 다시 눈에 들어왔다. 자세히 보니 붉은 모발과 큰 귀를 가지고 있었다.

"여우성이 따로 있습니까?"

시티가 아니라 성이라고 부르는 것이 호기심을 끌었다.

"네. 아니테라 시티처럼 저희 여우성도 원래는 인간이 거의 없는 깊은 산속에 자리를 잡았어요. 저희 일족은 알 수 없는 이유로 남녀의 성비가 극단적으로 균형을 잃어서 여성의 비율이 9할에 가까워요. 그렇기에 자연스럽게 배우자와 생필품을 위해서 호인족이 대대로 시장인 릴센 시티와 교류를 시작했고요. 그러다가 언제인가부터 호인족과 결혼을 하기 시작해서 성년이 되면 이곳으로 와서 지내다가 배우자를 만나지 못하면 여우성으로 되돌아가서 여생을 보내요."

"그럼 그, 그대도 여우성에 태어난 겁니까?"

"네. 사촌 사이에서 태어난 저 아그네스 팍스는 다행하게도 유전병 대신 순혈을 가지게 됐어요."

아그네스는 대답을 하면서 가온이 자신의 이름을 잊은 것을 재치 있게 넘겨주었다.

"순혈만의 능력이 따로 있군요."

"네. 상대의 진정한 모습을 알아볼 수 있는 능력과 더불어 변신과 은신 능력을 타고나요. 써먹을 곳은 거의 없지만요."

그런 것치고는 몸에 축적한 마나의 양이 상당했다.

'마나오션이나 마력 고리는 없지만 마나로드는 잘 발달되어 있네. 주술사인가?'

마나의 양으로만 보면 익스퍼트 중급을 될 것 같았다.

그렇게 대화를 나누다가 높이 솟은 나무들로 둘러싸인 긴 직사각형의 3층 건물의 입구에 도착하자 아그네스가 발을 멈추었다.

"이곳입니까?"

안에서 왁자지껄한 용병들의 소리가 들려왔다.

"네. 본 시티의 손님들이 묵는 숙소예요. 그런데 한 가지 물어볼 것이 있어요."

"뭡니까?"

"원래 위험한 곳에 위치하고 있었는데 최근 멀지 않은 곳에 던전이 생성되는 바람에 저희 여우성에서도 타이탄이 필요하거든요. 알파급 10기를 골드와 마정석으로 구입할 수 없을까요? 물론 한 기당 50만 골드에 상당하는 마정석으로요."

경매가 아니라 직접 거래를 하고 싶다는 얘기다.

"마정석의 종류는요?"

"유감스럽게도 상급은 많지 않지만 중상급 이하라면 얼마든지 대가를 치를 수 있어요."

아그네스의 대답에 마음이 더 혹해졌다. 알파급 타이탄을 구동하는 데 필요한 중급 마정석은 많이 비축할수록 좋았다.

"중급 마정석의 시세를 얼마로 파악하고 있습니까?"

"130골드요."

그 정도면 평균적인 거래 가격이다. 원래 100골드에서 150골드 사이에서 거래가 되는 것이다.

"좋습니다. 비축분 10기를 판매하도록 하지요."

"와아!"

너무 쉽게 나온 긍정적인 대답이 믿기지 않는지 아그네스가 펄쩍 뛰더니 가온을 안고 방방 떴다.

'흐음. 곤란한걸.'

안 그래도 호감을 느끼고 있는데 부드러운 여체가 밀착되자 당장 몸이 반응했다. 아그네스의 몸은 부드럽기만 한 것이 아니라 일부분은 고무처럼 탄력이 있어서 더욱 자극이 강했다.

게다가 더욱 곤란한 것은 아그네스의 체향이 처음 맡아 보는 종류지만 페로몬이 섞였는지 강한 성욕을 유발했다.

"하지만 당장은 안 됩니다."

"알아요! 몬스터 웨이브가 끝나면 저와 여우성으로 가요!"

"여우성에 가잔 말입니까?"

"네! 타이탄을 팔았으면 조종법이라든가 정비와 같은 부분도 알려 주셔야지요."

맞는 말이다. 그건 당연히 해 줘야 하는 서비스였다.

"좋습니다. 그런데 어떻게 연락을 할 겁니까?"

ㅡ혹시 제 의념이 전해지나요?

의념이었다. 정신 능력이 고도로 발달한 존재들만이 쓸 수 있는.

'전해집니다. 그럼 의념으로 대화를 하면 되겠군요. 그런데 어느 정도의 거리까지 의념을 전할 수 있습니까?'

ㅡ제 신표를 가지고 있으면 거리에 제한은 없어요. 이거요!

아그네스가 피처럼 붉은 돌이 펜던트처럼 달려 있는 목걸이를 목에서 푸르더니 그에게 넘겨주었다. 붉은 돌이 일종의 통신석 역할을 하는 것 같았다.

'그럼 기다릴 테니 연락하십시오.'

ㅡ네! 그럼 종종 연락할게요.

'연락을 한다고요?'

ㅡ네. 정보에 밝은 것은 아니지만 온 님이 알아야 할 것이

있으면 전해 드리려고요.

그런 거라면 언제든 환영이다.

가온은 소녀처럼 펄쩍거리며 뛰듯 돌아가는 아그네스의
모습을 보고 미소를 머금었다.

아니펜의 위용

일이 잘 안 됐다는 얘기에 로랑 지부장은 안타까운 얼굴이 되었지만 사정을 자세하게 털어놓자 가온 대신 분개해서 씩씩거렸다.

"이건 상도의가 아니오! 우리 용병 지부의 체면을 전혀 생각하지 않는 처사요!"

"인간의 본성이 원래 이런지도 모르겠습니다."

처음에는 화가 났지만 이젠 진정이 되었는지 덤덤했다.

"시벌! 도로 가 버릴까 보다."

"몬스터 웨이브는 해결을 해야지요."

"그건 그런데……."

사실 로랑도 열이 받아서 해 본 소리지 알펜으로 돌아갈 수 없다는 사실은 잘 알고 있었다.

"그래서 말인데 여러분도 기동 훈련을 해야 하지 않겠습니까?"

가온의 말에 로랑은 물론 알폰소와 아이린 그리고 샘슨이 눈을 빛냈다. 안 그래도 급하게 릴센으로 오느라고 타이탄 기동 훈련을 전혀 하지 못했기 때문이다.

"하지만 릴센에서 기동에 필요한 훈련장을 빌려주려고 할까요?"

그게 문제다. 가온이 타이탄을 판매하겠다고 약속을 했다면 모르지만 협상 자리를 아예 박차고 나왔으니 부탁을 받아들일 가능성이 별로 없었다.

'이런 상황에서는 작은 빚도 져서는 안 되지.'

이렇게 되면 실전을 빨리 치르는 수밖에 없었다.

"이곳에서 기초적인 기동 훈련만 한 후 바로 전장으로 나가지요."

시티의 손님들이 묵는 숙소이기는 하지만 주로 귀빈을 호위하는 전사나 지금과 같은 상황에서 타 시티의 용병들이 묵는 곳이기에 연무장은 있었다. 그것도 보안을 우려해서 높이가 20미터가 넘는 거대한 나무들로 둘러싸인.

"그 정도로 되겠소?"

"차근차근 훈련을 할 수 없는 상황이고 여러분은 오랜 용병 경험으로 상황 적응력이 높으니 오히려 실전을 빨리 경험하는 쪽이 타이탄을 제대로 기동하는 데 도움이 될 겁니다."

가온의 말에 서로 눈빛을 교환하던 사람들이 일제히 고개를 끄덕였다.

알펜 시티에서 건너온 용병들은 이르면 내일이라도 몬스터의 파도를 감당해야 하기에 일찍부터 술판을 벌였다.

원래 생사가 오가는 큰 전투를 앞두면 모든 것을 잊을 정도로 과음을 하는 것이 용병 대부분의 습성이다. 그렇지 않으면 아무리 경험이 많고 노련해도 이런저런 생각으로 잠을 청할 수가 없었다.

물론 아닌 경우도 있었지만 무척 드물었다.

그렇기에 타이탄 라이더가 된 네 사람은 사람들의 관심을 끌지 않고 가온과 함께 숙소에 딸린 대형 연무장으로 향할 수 있었다.

훈련은 무척 빠르게 진행되었다. 동기 부여가 확실한 데다가 용병으로 골드급까지 오를 정도로 근기와 집중력이 뛰어난 사람들이라서 가온이 생각했던 것처럼 적응력이 무척 높았기 때문이다.

가장 신이 난 사람은 로랑이었다. 무릎 아래가 괴사해서 절단할 수밖에 없었던 그는 뛰는 것이 불가능했는데 타이탄은 그런 신체적 제약이 없었다. 걷고 뛰는 것만으로도 그는 다른 삶을 사는 것처럼 신이 났다.

가온은 먼저 탑승부터 시작해서 동화와 기본적인 기동까지 시범을 보인 후 심안과 의념을 이용해서 네 명의 움직임을 실시간으로 관찰하면서 적절한 지시를 내리는 방식으로 타이탄 기동 훈련을 시켰다.

네 명 모두 익스퍼트 중급 이상의 실력자이기에 탑승이나 동화 과정은 어렵지 않게 한 번에 성공했다.

걷고 멈추고 달리고 방향 전환을 하는 기본 동작에서 잠시 헤매기는 했지만 그래도 금방 적응했다.

그렇게 기본 동작이 끝나자 가온은 간단한 체술을 지도했다. 엘프 전사들의 경우를 비추어보면 체술 수련이 기동하는 데 큰 도움이 되었다.

물론 마나는 절대로 사용하지 못하도록 했다. 지금 마나를 사용하는 건 기지도 못하는 갓난아이가 뛰는 것이나 마찬가지였기 때문이다.

간단한 체술 수련을 한 네 사람은 자신만만하게 검술을 펼쳐 보려고 했지만 그건 이제 막 기기 시작한 아기가 뛰겠다는 것과 다름이 없었다. 아무리 급해도 반드시 거쳐야 하는 단계가 있는 법이라는 가온의 말에 그들은 어쩔 수 없이 다시 체술을 수련했고 타이탄의 기동 속도와 범위를 파악할 수 있었다.

그렇게 1시간에 걸쳐서 기초적인 기동 훈련을 하는 동안 네 사람은 한 번 더 마정석을 교체해야만 했다. 마나를 사용하지 않았지만 처음이라서 30분 정도밖에 기동하지 못한 것이다.

그렇게 훈련을 마치고 타이탄에서 나온 네 사람의 몸에는 열기가 아지랑이처럼 피어오르고 있었다.

얇은 내의만 걸친 네 사람은 땀에 푹 젖은 모습이었는데 오랜 시간 동안 용병 생활을 해 와서 그런지 현역에서 물러난 지 3년이 되었다는 로랑을 빼고는 몸이 아주 단단했다.

유일하게 여성인 아이린은 노련한 용병답지 않게 얼굴을 붉히며 황급히 벗어 두었던 방어구를 걸쳤다.

다른 사람들은 너무 힘이 들어서 땀에 내의가 푹 젖어서 몸매가 고스란히 보여도 아무런 신경도 쓰지 않았음에도 사람들이 자신의 젖은 몸을 보는 것은 부끄러운 모양이다.

어쨌든 1시간에 걸친 기동 훈련이 얼마나 힘들었는지 긴장이 풀리자 온몸의 힘이 풀린 듯 익스퍼트 상급 이상의 실력자들이 땅바닥에 털썩 주저앉았다.

"후유! 생각보다는 괜찮은 것 같네."

가온의 조언을 받고 미리 챙겨 온 수건을 땀이 줄줄 흐르는 얼굴을 닦은 로랑이 안도의 한숨을 내쉬었다.

"뭐가 말입니까?"

"생각보다 타이탄을 조종하는 것이 어려운 것 같지 않아서 말이오. 아주 단순한 동작을 마스터하는 데만 해도 꽤 오랜 시간이 걸린다고 들었소."

"저도 그렇게 들었는데 생각보다는 할 만합니다. 그렇다고 우리가 전사들보다 마나 운용력이 높은 것도 아니니 타이탄 자체가 우수하다고 봐야 할 것 같습니다."

"그런 생각은 해 보지 않았는데 맞는 말 같습니다. 이 정도면 내일 당장 몬스터 웨이브가 시작되어도 기본적인 전투는 할 수 있을 것 같네요."

힘든 얼굴이었지만 다들 사기는 무척 높았다.

"자, 이거 한 병씩 마셔요."

잠시 그들이 쉬는 모습을 지켜보던 가온이 비약을 한 병씩 나눠 주며 활력을 높여 주는 효과가 있다고 설명했다.

"오오! 활력 포션이군!"

"이거 한 병에 50골드라면서요? 잘 마실게요!"

"우와! 입에 들어가는 순간부터 피로가 확 풀리는 느낌이네!"

"너무 집중했더니 머리가 아팠는데 순식간에 머리가 맑아지네!"

어느새 소문이 났는지 다들 포션의 정체를 알아보았고 마신 후에는 감탄을 아끼지 않는다.

"온 경, 이것도 팔면 안 됩니까?"

알폰소가 입을 다시며 조심스럽게 물었다.

"아쉽게도 그럴 수가 없습니다. 귀한 약초들이 들어갔기 때문에 1년에 전사 한 명당 다섯 병씩밖에 안 돌아가거든요."

"아! 정말 감사합니다!"

새삼 허니비 비약의 가치를 느낀 알폰소부터 다들 진심이 담긴 감사를 표했다.

그렇게 30분 정도 쉰 후 타이탄 라이더들은 다시 기동 훈련에 들어갔다. 연달아서 세 번 기동 훈련을 했는데 두 번째는 각자의 무기를 사용한 무기술을, 그리고 세 번째는 마나를 사용해서 무기술을 펼쳐 보는 훈련이었다.

원래 이 정도에서 훈련을 끝내야 했지만 네 사람은 그럴 생각이 전혀 없었다. 내일이라도 당장 몬스터 웨이브가 시작될 수 있기에 타이탄을 탄 상태에서 자신의 장기를 발휘할 수 있어야 한다고 생각한 것이다.

결국 가온은 한 번 더 허니비 비약을 내놓을 수밖에 없었고 네 사람은 다시 기동 훈련에 들어갔다.

'역시 경험은 무시할 수 없네.'

상황이 급한 것도 있지만 네 사람은 무서울 정도의 집중력과 적응력을 발휘해서 마지막 훈련이 끝날 때는 어느 정도 타이탄을 제어할 수 있었다.

그렇게 릴센에서의 첫날이 지나갔다.

다음 날 아침, 용병들의 숙소는 조용했다. 다들 전날 술을 많이 마셔서 그런 것도 있지만 이른 아침에 다녀간 릴센 시티의 전사가 오늘은 몬스터 웨이브가 발생할 가능성이 현저히 적다고 알렸기 때문에 다들 다시 잠을 청한 것이다.

몬스터 웨이브가 본격적으로 시작되려면 무리를 이끌 트롤이나 오우거와 같은 몬스터가 등장해야 하는데 아직 나타나지 않은 것이리라.

"우리는 나가지요."

"성 밖으로 말이오?"

로랑이 놀라 물었다. 그는 오늘도 기동 훈련을 하려고 했다. 전날 세 차례에 걸친 훈련에도 불구하고 제대로 타이탄을 운용하려면 더 숙달이 필요하다고 생각한 것이다.

"그렇습니다. 아직 타이탄을 위협한 거대 마수나 몬스터들이 모습을 보이지 않았고 본 시티의 타이탄은 방어력이 아주 뛰어나기 때문에 중급 마수나 몬스터의 공격에 오래 견딜수 있으니 실전 경험을 쌓기에는 최적의 환경입니다."

"하, 하지만 기동 한계가 닥쳤을 때는 어떻게 하고요?"

로랑과 같은 생각을 했었던 아이린이 물었다. 기동 한계를 언급한 것은 마정석 교체 때문이다. 자신들의 경우 정비조원이 따라붙지 않기 때문에 마정석을 교체하려면 무조건 밖으로 나와야만 했다.

"아무리 트롤이나 오우거와 같은 놈들이 없다고 해도 위험하지 않을까요?"

무엇보다 두려운 것은 숫자다. 몸집이 큰 변종 오크가 늑대를 타면 체고가 4미터에 달하는데 아무리 타이탄이라도 그런 놈들이 사방에서 한꺼번에 덮치면 위험했다. 무엇보다 늑대들은 그 육중한 변종 오크를 태우고도 3, 4무 정도는 가뿐하게 도약할 수 있었다.

자신들이 타이탄 라이더로서 많이 부족하다는 것을 잘 알고 있으니 다들 불안하고 두려울 수밖에 없었다.

"여러분의 안전은 내가 보장합니다."

담담하지만 강한 힘이 실려 있는 가온의 말에 네 사람은 자신도 모르게 고개를 끄덕였다. 원래 그의 실력도 잘 알고 있지만 그의 지도를 받으면서 기동 훈련을 하는 동안 가온이라는 존재가 의지가 되었기 때문이다.

"그렇지만 릴센 쪽에서는 우리가 나가는 것을 허락하지 않을 수도 있습니다."

본래 몬스터 웨이브가 벌어지기 전에는 성 밖으로 나가서 사냥을 하지 않는다. 하급이나 중급 마수나 몬스터의 숫자가 워낙 많아서 그래 봐야 큰 차이가 없어서 웨이브에 거의 영향을 주지 않기 때문이다.

"타이탄의 전투력을 시험해 보겠다고 하면 허락할 겁니다. 토바 지부장의 말을 들었을 테지만 릴센에서도 아니테라에서 제작한 타이탄의 제원이나 전투력이 궁금할 테니까요."

가온의 추측이 타당하다고 생각한 로랑은 직속 용병 하나를 릴센 용병길드 지부로 보냈다. 시티 측에 직접 요청을 하는 것보다는 이곳 지부장인 토바를 통하는 것이 낫다고 생각한 것이다.

과연 가온의 말이 맞았다. 얼마 지나지 않아서 시티 측이 보낸 전사가 성문과 가까운 곳에서 기동하는 조건으로 요청을 수락한 것이다.

네 사람은 걱정과 기대가 교차하는 얼굴로 전투준비를 했다.

릴센에서 타이탄 기동을 허락한 곳은 외성의 북문 인근으로 숙소에서 마차를 타고도 20분은 달려가야 하는 거리였는데 알펜 출신의 용병들은 말이 없어서 걸어가야만 했다.

보무도 당당하게 외성을 향해 걷는 다섯 명을 뒤따르는 이들은 많았다. 그 얘기를 들은 용병들은 전날 먹은 술이 확 깬 얼굴로 다섯 사람의 뒤를 따랐다.

내성을 나가자 뒤따르는 이들이 확 늘어났다. 수백 명의 용병이 몰려서 이동하는 모습을 보고 궁금해서 쫓는 이들도 있었지만 최초의 용병 타이탄 라이더들이 선을 보인다는 소식을 들은 릴센의 용병 대부분이 따라붙은 것이다.

하지만 그게 전부가 아니었다. 안 그래도 대기를 하고 있다가 그 소식을 들은 릴센 시티의 전사들까지 대거 외성의 북문 쪽으로 몰려들기 시작했다. 그중에는 타이탄 라이더들도 당연하게 포함되었다.

마지막에는 엉덩이가 무거운 시티의 시장과 수뇌부들도 움직였다. 거래는 일단 물 건너간 상황이지만 가온이 자신한 만큼 아니테라의 타이탄이 기존의 타이탄과 어떤 차이가 있는지 확인하려는 것이다.

그렇게 많은 사람들의 기대를 받으며 다섯 명의 용병은 성 밖을 가득 채운 마수와 몬스터 들 사이로 들어갔다.

마차를 타고 왔기 때문에 가온 일행보다 한발 앞서 북문에 도착한 시장 일행은 특별히 높이 쌓은 성문 위에 밖으로 튀어나온 치에 자리를 잡았다.

"성문을 열라고 해야 하나?"

이제 막 성문 앞에 도착해서 물을 마시는 가온 일행을 쳐다보던 시장이 호위 전사장인 엘러트에게 물었다. 타이탄에 탑승해서 동화하는 과정에 시간이 좀 걸리기 때문에 라이더들은 보통 성안에서 동화 과정까지 마친 후에 성문을 통해 나간다.

"하지만 그렇게 되면 병사와 전사 들이 어느 정도 피해를 봐야 합니다."

굳게 닫힌 거대한 성문의 효용을 어떻게 알고 있는지 성문 주위에는 중급 마수로 분류되는 블러드울프들이 진을 치고 있었다.

만약 거대한 성문을 잠깐이라도 열게 되면 황소만큼 거대한 몸집에 단거리 주력과 도약력이 뛰어난 블러드울프들이 안으로 들어오려고 난리를 칠 것이고 놈들을 막는 과정에서 병사와 전사 들의 피해는 어느 정도 각오해야만 했다.

하지만 시장은 가온 일행의 요청이 있으면 성문을 열어 줄 의향이 있었다. 그래야 아니테라에서 제작했다는 알파급 타이탄의 전력을 확실하게 확인할 수 있을 테니 말이다.

그런데 놀랍게도 다섯 용병은 성문을 열어 달라는 요청도 하지 않고 다른 쪽에 있는 치, 즉 성벽 밖으로 튀어나온 장소로 올라가더니 바로 뛰어내렸다.

"허어!"

익스퍼트 상급 실력자들이라고 들었기 때문에 10미터가 훨씬 넘는 성 아래쪽으로 뛰어내린다고 다치지는 않을 테지만 벌써 그 모습을 보고 몰려드는 블러드울프들을 대체 어떻게 처리하고 타이탄을 운용하려는지 알 수가 없었다.

"검사다!"

그때 성벽 위로 오른 한 용병이 소리쳤다. 뛰어내린 다섯 명 중 가온이 앞으로 나서면서 쥐고 있는 새하얀 검으로 순식간에 10무나 되는 길이의 새하얀 검사를 생성한 것이다.

그와 동시에 네 용병은 품에서 은색의 카드를 꺼내더니 타이탄을 소환했다.

'저게 바로 아니펜이라고 불리는 타이탄이군. 소드마스터가 라이더들이 타이탄에 탑승해서 동화 과정을 마칠 때까지

보호해 주려는 건가?'

소드마스터가 발현하는 검사는 익스퍼트의 검사와는 차원이 다르다. 오러 블레이드의 바로 전 단계이기 때문에 실처럼 가늘긴 하지만 무엇이든 자르지 못할 것이 없었다.

새하얀 실처럼 가는 검사였지만 가온이 검을 휘두르자 마치 채찍처럼 기괴한 궤도로 움직이면서 순식간에 10미터 반경의 부채꼴 공간에 들어온 블러드울프를 산산조각으로 난자해 버렸다.

검사의 움직임이 얼마나 현란하고 빠른지 사람들의 눈에 보이는 것은 검사가 아니라 새하얀 안개가 부채꼴의 공간을 가득 채운 것처럼 보였다.

"헙!"

새하얀 안개가 걷히자 원형을 알아볼 수 없을 정도로 난자된 블러드울프의 육편이 바닥을 가득 채웠다.

가온이 소드마스터라는 사실을 알고 있는 시장도 놀랐지만 엘러트를 포함한 호위 전사들은 입을 떡 벌릴 뿐 아무 소리도 내지 못하고 멍한 눈으로 그 광경을 지켜보았다.

그사이에 방어구를 벗고 얇은 내의만 걸친 네 용병이 타이탄에 탑승했다.

그런데 시장과 지켜보던 타이탄 라이더들이 경악할 일이 벌어졌다.

"버, 벌써 동화가 끝났다고?"

채 30초도 되지 않았는데 타이탄이 그 자리에서 일어나더니 성큼성큼 걷기 시작했다.

알파급 타이탄의 동화에 걸리는 시간이 평균 3분이라는 사실을 고려하면 이건 말도 안 되는 일이다.

그렇게 타이탄이 기동하기 시작하자 가온은 검사를 거두고 뒤로 물러났다.

마수 중에서도 유난히 식탐과 공격성이 강해서 오우거를 만나도 물러나지 않는다는 거대한 몸집의 블러드울프는 동족들이 가온의 검사에 난자당하는 것을 보고 화가 났는지 체고가 무려 5미터나 되는 거대한 강철 거인들임에도 투기를 발산하며 달려들었다.

퍽! 퍽! 퍽!

타이탄들은 물 만난 고기처럼 주먹과 발을 휘둘렀다. 그때마다 블러드울프들은 머리나 몸 일부가 납작해져서 피를 토하며 멀리 날아갔다.

"경매가 끝난 다음 날 바로 우리 시티에 왔다고 들었는데 벌써 저 정도로 기동할 수 있다고?"

"믿을 수가 없습니다. 동작이 투박하고 부자연스러운 곳이 꽤 많이 보여 라이딩 경험이 없다는 것은 확실하지만 이전에 라이더가 아니었으면 저런 움직임은 불가능합니다."

시장의 말에 베타급 타이탄 라이더이며 타이탄 전사단을 이끄는 훔베르가 눈을 부릅뜨고 말했다. 그 역시 사정을 들었기에 더욱 믿을 수가 없었다.

타이탄들은 빠르게 몰려드는 마수와 몬스터 들을 주먹과 발로는 감당하기 힘들다고 판단한 듯 등 부위에 장착된 무기대에서 각자의 무기를 빼 들고 휘두르기 시작했다.

가장 가까운 곳에 자리하고 있었던 블러드울프는 어느새 숫자가 현저하게 줄어들었고 이젠 늑대를 탄 변종 오크들이 달려들고 있었다.

워낙 숫자가 많다 보니 타이탄들도 공격을 허용할 수밖에 없었다. 특히 변종 오크를 태운 늑대들은 놀라울 정도로 빠른 움직임으로 타이탄들의 거대한 검이나 도의 궤적을 피해서 공격을 하고 있었다.

깡! 끼릭!

오크의 도끼나 도가 타이탄의 동체를 치거나 흘러내리면서 만드는 타격음과 금속성이 끊임없이 나기 시작했다.

하지만 타이탄들은 끄덕도 하지 않았다. 도끼와 도가 만들어 낸 흔적은 있었지만 눈에 띄게 파손되거나 우그러든 부분은 전혀 보이지 않았다.

"……말도 안 돼! 저렇게 많은 공격을 허용했는데도 저렇게 멀쩡하다고?"

누구보다 타이탄을 잘 알고 있는 홈베르는 믿을 수 없다는 얼굴로 탄식을 하듯 혼잣말을 내뱉었다.

"방어력이 높은 건가?"

"그, 그렇습니다. 베타급처럼 마나장을 방출할 수 없는 알파급의 경우 저 정도 타격을 받으면 동체 부분에 해당하는 후판이 우그러지거나 심하면 찢어질 수밖에 없습니다. 적어도 3할에서 5할은 더 높습니다!"

홈베르의 대답에 시장은 물론 시티 수뇌부의 얼굴이 일그러졌다.

"홈베르 경이라면 얼마를 주면 저 타이탄을 구입하겠는가?"

시장이 혹시 몰라 물었다.

"전용 아공간 아이템이 있고 중급 마정석으로 구동한다는 점 그리고 전투력이 높고 특히 방어력이 엄청나게 높다는 점을 감안하면 50만 아니, 60만이라도 쌉니다!"

홈베르의 대답에 시장이 인상을 쓰며 시티 수뇌부들을 노려보았다.

그때 가온이 뒤에서 외치는 소리가 들렸다.

"마나를 사용해!"

그의 외침을 들은 타이탄들이 본격적으로 마나를 사용하자 동작이 이전보다 몇 배는 더 빨라졌고 빠르게 휘두르는 대검과 대도가 푸르게 빛나면서 궤적에 걸리는 것들은 모조리 잘려 나가기 시작했다.

"하아!"

홈베르는 지켜보면서도 믿을 수 없다는 얼굴로 고개를 저었다.

'타이탄을 탄 지 얼마 되지 않았다면 분명히 검기를 사용했을 텐데 마나를 효과적으로 증폭시켜서 오래 사용하는 법까지 알고 있어.'

골드급 용병들이라고 했으니 당연히 검기를 사용할 줄 알았는데 상대의 전투력과 마나 소모를 고려해서 오러소드만 사용하는 것이다.

'절대로 처음 타이탄을 타는 건 아니야!'

시장에 대한 충성심이 부족한 용병을 타이탄 라이더로 운용하는 시티는 없다. 당연히 릴센보다 규모가 훨씬 작은 알펜 시티에서도 마찬가지다.

그런데 저 용병들은 미숙한 부분은 많지만 무난하게 타이탄을 운용하고 있었다. 적지 않은 시간 동안 타이탄을 조종해 본 것처럼 말이다.

라이더들이 마나를 사용하기 시작하면서 활동 반경이 크게 확장되었다. 그만큼 마나의 위력이 막강했기 때문이다.

주위에는 수백 마리가 넘는 블러드울프와 변종 오크들이 머리나 몸통이 절단되어 널브러져 있었고 타이탄들은 흥이 오른 것처럼 더욱 맹렬하게 마수와 몬스터 들을 학살하고 있었다.

그렇게 싸움이 시작된 지 15분 정도가 지났을 때 가온이 다시 외쳤다.

"복귀!"

가온은 그 말과 동시에 품에서 꺼낸 아공간 카드를 통해 타이탄을 소환했다. 그러고는 놀랍도록 빠른 속도로 열린 탑 승구 안으로 들어가서 동화를 하더니 타이탄들이 복귀하기 전에 자리에서 일어났다.

"맙소사! 베타급! 게다가 동화가 저렇게 빠르다니!"

홈베르를 비롯한 타이탄 라이더들은 도저히 믿을 수가 없었다. 아까 용병들도 그랬지만 베타급 타이탄에 탑승한 가온 역시 엄청나게 빨리 동화를 마친 것이다.

돌아온 타이탄들이 성벽에 가까운 곳에서 일렬로 도열하자 가온의 베타급 타이탄이 그 앞을 가로막고 섰다.

전사들이 예를 취하듯 한쪽 무릎을 꿇은 자세를 취한 알파급 타이탄들의 눈에서 빛이 사라진 순간 성벽 위에서 네 명이 뛰어내렸다.

그들은 세 용병단의 부단장과 길드 사무소의 용병으로 타이탄의 구동원인 중급 마정석의 교체를 맡고 행동에 옮긴 것이다.

"설마 연속 기동을 하려는 건가?"

아무리 라이더들이 익스퍼트 중급 이상의 실력자들이라고 해도 타이탄을 낙찰받은 지 오늘이 사흘째라는 사실을 생각하면 연속 기동은 말도 안 된다. 타이탄을 조종하는 것은 그만큼 많은 체력과 마나 그리고 심력이 소모되기 때문이다.

그사이에 어느새 좁아진 포위망의 선두에는 더 이상 블러드울프는 보이지 않았다. 모두 거대한 늑대를 타고 있는 오크들이었는데 뒤로는 변신을 마친 거대한 웨어베어나 웨어울프 그리고 고블린 중에서도 몸집이 유난히 큰 홉고블린들이 가득했다.

그때 가온이 들고 있던 거대한 흰 검이 보기만 해도 신성하게 느끼지는 눈부신 백광(白光)을 뿜어내더니 이내 10미터에 달하는 검기가 생성되었다.

검기를 생성한 베타급 타이탄이 신명이 난 듯 한차례 움직인 결과는 엄청났다. 순식간에 부채꼴로 50미터에 달하는 공간에 있던 마수와 몬스터 들이 머리통이나 몸통이 절단되어 사체 밭으로 변해 버리고 말았다.

베타급 타이탄은 그런 참극을 만들어 내고도 앞으로 나아가지 않았다. 그 자리에 멈춘 듯 가만히 있다가 마수와 몬스터 들이 지척까지 접근하면 다시 검기를 만들어서 50미터의 공간을 또다시 절단된 사체들의 밭으로 만들어 버렸다.

하지만 이미 광기에 빠진 마수와 몬스터 들은 동족의 죽음은 아랑곳하지 않고 다시 그 공간을 채웠고 사체가 되어 바닥이 보이지도 않도록 만들기를 반복했다.

원래라면 잘린 사체로 인해서 타이탄이나 공격하는 마수나 몬스터 들이 움직이기 힘들어야 하는데 희한하게도 잘린 사체들은 주기적으로 사라졌다.

이런 부분을 캐치한 이들도 있었지만 그들도 이상하게 생각하지 않았다. 원래 마수와 몬스터 들은 웨이브 기간 동안 죽은 동족이나 다른 놈들의 사체를 뜯어먹으니 말이다. 그저 먹기 위해서 물고 간 것이라고 여긴 것이다.

실로 참혹하면서도 놀라운 광경이지만 그것도 30분 가까이 반복되니 내성이 생기는 듯 지켜보는 사람들도 더 이상 놀라지 않았다.

하지만 더욱 경악하는 이들이 있었다. 바로 훔베르를 비롯한 타이탄 라이더들이었다.

'처음부터 마나를 사용하는데도 베타급 타이탄을 30분이 넘게 운용한다고?'

알파급 타이탄도 그렇지만 베타급 타이탄의 기동 시간은 짧을 수밖에 없다. 상급 마정석을 열 개나 사용한다고 하지만 동체가 크기 때문에 마나를 사용하면 기동 시간은 평균 15분 정도에 불과했다.

그런데 온 훈이라는 젊은 용병은 많이 움직이지는 않았다고 하더라도 마나를 사용하면서도 베타급 타이탄을 두 배에 달하는 시간 동안 운용하고 있는 것이다.

'타이탄 자체가 달라!'

그러고 보니 일반적인 베타급 타이탄과 달랐다. 체고도 더 높았으며 기존의 베타급 타이탄보다 더 빠르고 자연스럽게 기동할 수 있었으며 증폭된 마나를 알뜰하게 사용할 수 있을 정도로 마나 효율이 높았다.

'나도 저런 타이탄을 타고 싶다!'

타이탄 라이더라면 당연히 가질 수밖에 없는 소망이었다.

네 알파급 타이탄이 다시 한번 기동했다.

'이번에는 움직임이 더 자연스러워졌네.'

알파급이라는 점을 감안하더라도 앞선 기동보다는 움직임이 훨씬 더 빠르고 자연스러워졌다. 마나도 적절하게 배분해서 사용하고 있었고 제대로 된 검술을 펼쳐 내고 있었다.

'역시 실전이 최고야!'

실전의 중요성을 다시 인식시킨 타이탄의 두 번째 기동이 끝나자 다시 가온이 전면에 나섰다.

이번에는 전열에 오크 대신 웨어울프와 웨어베어 들이 나왔기 때문에 굳이 타이탄을 소환하지도 않았다.

다시 10미터에 달하는 검사를 생성한 가온은 눈에 보이지도 않을 정도로 빠르게 반원을 그리며 접근하는 모든 마수와 몬스터를 베어 버렸다.

재생력이 극도로 높은 트롤이나 오러 네일을 구현할 수 있는 오우거가 아니면 가온의 검사를 받아 낼 수가 없었다.

"온 경, 저희 먼저 올라가겠습니다!"

타이탄을 챙긴 후 땀에 흠뻑 젖은 몸에 방어구를 억지로 착용한 네 용병이 그렇게 외치고는 성벽 아래까지 늘어져 있는 밧줄을 잡고 빠르고 올라갔다. 마정석 교체 임무를 맡았던 용병들이 사용했던 밧줄들이었다.

네 용병이 안전하게 성벽 위로 올라가자 검사를 거둔 가온은 가볍게 땅을 박차고 도약해서 두 번 성벽을 걷어차는 방식으로 간단하게 성벽 위로 올라왔다.

"고생하셨습니다!"

네 용병은 물론 성벽 위에 줄지어 서 있던 용병들이 일제히 인사를 했다. 누가 시켜서가 아니라 강자에 대한 경외심에서 나온 자연스러운 행동이었다.

가볍게 손을 흔들어 화답한 가온이 네 용병에게 향했다.

"어떻습니까?"

"확실히 실전이 좋았소. 어떻게 기동했는지 전혀 기억이 나지 않는데 나중에 기동을 끝낼 무렵에 생각해 보니 움직임이 한결 자연스러워졌소."

로랑의 대답에 다른 세 사람 역시 비슷한 대답을 내놓았다.

"이곳에서 쉬었다가 오후에 한 번 더 실전을 치르도록 합시다."

"알겠소!"

성벽 아래로 내려간 네 용병은 따르는 용병들의 호위를 받으며 마나 연공에 들어갔다. 아무리 허니비 비약을 마셨다고 해도 중간에 30분 정도 휴식을 취한 것만으로는 연속 기동의 후유증을 극복할 수가 없었다.

가온이 천천히 성벽 아래로 내려갈 때 급한 발걸음이 뒤에서 들려왔다.

"잠깐만!"

돌아보니 시장과 시티의 수뇌들이었다.

"무슨 일입니까?"

"잠시 얘기 좀 합시다."

하대를 하던 시장의 말투나 태도가 달라졌다. 가온이 소드마스터이며 베타급 타이탄 라이더라는 사실을 알면서도 편하게 대할 수는 없었기 때문이다.

"말씀하십시오."

"저쪽으로 갑시다."

시장이 가리킨 곳에는 성문을 지키는 전사와 병사 들이 사용하는 작은 병영이 있었다.

"원래 약속한 그대로 후판을 시중가의 절반에 넘기겠소. 그러니 우리 시티에서 아니테라산 알파급 타이탄의 경매를 열어 주시오."

토바 지부장을 통해 약속한 사항을 지키겠다는 말이다.

'하하하! 약속은 자신들이 먼저 깼다는 것을 모르나?'

가온은 상대의 뻔뻔한 태도에 헛웃음이 나왔지만 애써 참았다.

"계약은 어제 계약서를 찢을 때 이미 끝났습니다. 나는 아니테라 시티의 후계자이며 타이탄 전사단장으로 릴센 시티의 시장님과 계약을 했음에도 귀측에서 부인을 하지 않았습니까?"

"오해예요! 부인을 하다니! 우, 우리는 단지 계약 조건이 너무 귀측에 유리하다고 판단해서……."

어제 여우족의 아그네스가 흥을 보던 로레인이라는 여자가 급하게 나서며 변명을 하려고 했다.

"하아! 정말 타이탄 한 기에 50만 골드가 폭리를 취한다고 생각하는 겁니까?"

"절대로 아닙니다! 그런 타이탄이라면 아주 적절한 가격입니다!"

어제 회의실에서는 보지 못했던 전사가 나서며 외쳤다.

"훔베르 알탄입니다. 릴센 시티의 타이탄 전사들을 지휘하고 있습니다."

"반갑습니다. 그래도 릴센 시티에 본 시티에서 제작한 타이탄의 가치를 알아보는 분이 있어서 다행이군요."

"별말씀을요. 어제는 제가 몬스터 웨이브와 관련된 방어 상태를 점검하기 위해서 회의에 참석하지 못해서 큰 실례를 범하고 말았습니다."

시장처럼 전형적인 호인족의 외형을 하고 있는 훔베르는 자신이 그 자리에 있었다면 결코 그런 일이 없었을 거라고 피력했다.

"마음은 상했지만 이미 지나간 일입니다. 후판은 저 말고 다른 시티로 파견된 특사가 이쪽보다 좋은 조건으로 계약을 할 수 있다고 하니 우리 시티로서는 차라리 잘된 것 같습니다. 경매도 좀 더 좋은 조건으로 다른 시티에서 열기로 했습니다."

"그, 그럴 수는 없소! 어찌 우리 시티와 계약을 하고 그런 일을! 이건 우리 시티를 무시하는 일이오!"

타이탄 공방을 맡고 있다고 소개받은 자는 원래 성격이 급한지 얼굴이 벌게져서 소리쳤다.

"계약을 무시한 것은 귀측입니다. 가신들이 시장님이 약속한 것을 뒤집지 않았소."

"뒤, 뒤집은 것이 아니에요. 우린 그저 너무 갑자기 그 얘기를 들었고 귀 시티에서 제작한 아니펜 타이탄의 정확한 제원과 전투력을 알지 못해서 우리 측이 일방적으로 불리하게 계약을 한 것이라고 생각하게 된 것이에요. 그래서 불경하지만 시장님의 결정을 재고를 요청하는 차원에서 더 깊이 논의를 하자는 입장이었어요."

재무부장은 끝까지 자신들의 잘못을 인정하지 않았다.

"하아! 이해를 하려고 해도 도저히 이해를 할 수가 없군요. 아무리 그대들이 부당하다고 생각하더라도 시장님이 직접 서명까지 한 계약이었습니다. 내가 비록 식견은 부족하지만 설사 부당한 내용이 포함되었다고 해도 가신에 불과한 그대들이 어제처럼 그런 식으로 문제를 삼는 시티가 또 있을지 모르겠군요. 아무튼 그 건은 이미 시티에 보고해서 달리 처리하기로 결정이 났습니다. 할 말도 끝났고 나도 좀 쉬어야겠습니다."

가온은 그 말을 남기고 성문 수비병들의 막사를 나왔다.

가온이 나간 후 실내의 분위기는 그야말로 얼음처럼 차갑게 가라앉았다. 시장이 발산하는 사나운 기운 때문이었다.

"로레인, 이제 네 계획이 얼마나 얄팍한 것인지 깨달았느냐? 상대는 한 시티의 후계자. 이문에 따라서 배신을 수시로 하는 상인과 같은 부류가 아니야. 명예를 중시하고 약속을 소중하게 생각하는 고귀한 피를 이은 자다. 그런 이들 상대로 경망한 짓을 벌인 너 때문에 내 권위는 바닥으로 추락했고, 우리 시티는 저렴한 유지 관리비가 들어가는 고사양의 타이탄을 구입할 기회를 놓치고 말았구나."

자신의 맏딸이고 시티의 중책을 맡았기 때문에 차마 어떻게 할 수 없을 뿐 로레인을 쳐다보는 시장의 눈빛은 너무나 차가웠다.

"하, 하지만 재무부장은 우리 시티를 위하는 마음에서……."

"그만! 타이탄 공방주, 아내의 일이라고 해서 아무 때나 나서지 말게. 자네의 아내가 아비의 명예를 더럽혔을 뿐 아니라 우리 시티가 오랫동안 염원하던 타이탄 확보는 물론 자네 가문의 창고에 잔뜩 쌓인 후판의 거래를 망쳐 놓았어!"

"······."

평소에는 살갑게 이름으로 부르다가 직책을 언급하는 순간 타이탄 공방주는 시장이 얼마나 분노했는지 알 수 있었기에 아무 말도 하지 못했다.

"사태가 이 지경이 되었지만 나는 포기할 수가 없다! 후판의 안정적인 판매와 타이탄의 추가 구입은 우리 릴센이 메가시티로 성장할 수 있는 핵심적인 열쇠야. 다행하게도 온 훈경은 몬스터 웨이브 동안은 이곳에 있겠다고 했으니 누구든 그의 마음을 돌린다면 보물고에서 뭐든 두 가지를 가질 수 있도록 하겠다!"

시장은 그렇게 말했음에도 조용한 좌중을 한번 쓸어보더니 다시 입을 열었다.

"이 자리에서 당장 대답을 듣지는 않겠다. 약속을 정정하지. 누구든 현재 파기된 계약과 비슷한 내용으로 그와 계약을 한다면 보물 세 점을 주겠다!"

시장은 그 말을 남기고 막사를 나섰고 호위 전사들이 그 뒤를 따랐다.

남은 사람들의 안색은 당연히 좋지 않았지만 눈만은 형형하게 빛났다. 비록 성주의 첫째 영애이자 재무부장인 로레인의 잔머리 때문에 거래가 불발되었지만 그 덕분에 모두에게 성주가 아끼는 보물 세 점을 얻을 수 있는 기회가 온 것이다.

"크험! 난 일이 바빠서 먼저 나가 보겠소."

가장 먼저 헌터부장이 자리를 떠나자 나머지 사람들도 다투어 그 뒤를 따랐다.

마지막에 남은 사람은 로레인과 그녀의 남편으로 얼마 전 타이탄 공방의 책임자로 임명된 우번 남작이었다.

"아잇! 정말 되는 게 없네!"

로레인이 신경질을 내자 호인족의 외모이기는 했지만 잘 다듬은 콧수염을 만지작거리던 우번이 그녀의 손을 잡았다.

"차라리 잘됐다고 생각합시다."

"잘되긴 뭘 잘돼요?"

로레인이 샐쭉한 눈으로 그를 흘겨보았다.

"보물 세 점을 얻을 수 있는 기회가 만들어지지 않았소. 만약 거래를 다시 할 수 있다면 당신의 허물은 아무도 기억하지 않을 것이오."

"말은 좋지만 그자가 우리와 계약을 하려고 하겠어요? 특히 내 경우는 드러내 놓고 반대를 해서 결과적으로 아버지의 권위를 실추시킨 것이나 다름없는데, 게다가 평소엔 내 말에 끔뻑 죽던 자들이 어떻게든 기회를 잡으려고 서둘러 나가는 것 봐요."

"그게 다 우리 시티를 위한 것 아니겠소. 온 훈 경도 개인이 아니라 한 시티의 후계자라면 만족할 수 있는 제안을 거부하지는 않을 것이오."

"아버님은 동일한 조건이라고 명시하셨어요."

"내가 아버지에게 부탁을 할 테니 이중 계약을 합시다."

"이중 계약요?"

우번 남작의 말에 로레인의 눈이 반짝거렸다.

"사실 알펜 시티를 비롯해서 후판을 생산하는 기존의 시티들이 열두 마녀에게 로비용으로 사용하는 천문학적인 비공식적인 비용을 감당하기 위해서 폭리를 취하고 있어 후판 가격이 높은 것이지 원가는 판매가의 3할에도 못 미치는 건 당신도 알고 있을 거요."

시티의 규모가 크다 보니 당연히 인구가 많았고 성 밖으로 나가는 것이 극히 위험하기 때문에 인건비는 엄청나게 싸니 원가가 그렇게 나오는 것이다.

"당연히 알지요. 우리는 제대로 가격을 받을 수 없어서 알펜보다 10에서 20% 이상 인하된 가격에 철강 제품을 판매하고 있다는 것도요."

"조부님이 전 재산을 투자해서 제철소와 철강소를 만들고 운영해 왔기 때문에 우리 가문에도 쌓인 재물이 좀 됩니다. 그러니 장인어른께는 50% 인하된 가격에 계약을 하기로 했다고 하고 실제로는 70% 인하된 가격에 아니테라에 넘기면 됩니다. 생각이 있는 자라면 당연히 받아들일 겁니다. 그렇게 되면 당신은 다시 장인어른의 신임을 받을 수 있을 겁니다."

남편의 말에 길게 찢어졌던 로레인의 눈이 반달처럼 변했다.

"그렇게 되면 자작가의 손해가 말이 아닐 텐데요?"

"당연히 손해야 크겠지요. 그래서 인하된 가격으로 판매하는 후판의 물량에 제한을 둬야 하고요."

"그래도 자작께서 허락하실까요?"

로레인이 알고 있는 시아버지는 굉장히 이해득실을 따지는 사람이다. 성주의 맏딸이자 며느리인 자신이지만 아직 정식으로 후계자의 위치도 차지하지 못한 자신을 위해서 막대한 손해를 감당할 위인은 절대로 아니었다.

"당신이 성주가 된 이후에 광산의 운영권만 내게 맡긴다고 약속만 하면 됩니다. 실제로 그리할 생각이 없다고 하더라도 지금은 아버님을 설득해야 하니까요."

남편의 말에 로레인의 머릿속은 빠르게 돌아갔다.

'그래. 시아버지의 연세가 벌써 육십이 넘은 것은 것이나 아버지가 성주 위를 넘기려면 최소 15년은 더 걸릴 것을 생각하면 내가 성주가 될 무렵에는 이이가 제철소와 철강소를 물려받을 테니 일단 약속을 하고 그때 상황을 봐서 결정하자. 훗! 호인족의 피가 옅어서 몸도 비실비실하고 말만 번지르르해서 내게는 도움이 안 될 줄 알았는데 뜻밖이네. 조금은 더 귀여워해 줘야겠어.'

자작가의 장남이고 꽤 잘생긴 외모를 가졌지만 술과 유흥을 좋아해서 자작에게도 제대로 인정을 받지 못해서 유명무실한 타이탄 공방을 맡는 것이 고작이었던 남편이 이런 꾀를 낼 수 있는 위인인 줄은 몰랐다.

"알겠어요. 약속할게요."

"그럼 내가 온 훈 경에게 연락을 해서 자리를 마련하겠소. 그대는 성주이자 아버님의 권위를 훼손하려는 의도에서가 아니라 차후에 있을 수 있는 같은 종류의 일을 사전에 예방하고자 하는 차원에서 그렇게 소리를 높였다는 식으로 변명을 해 주면 좋겠소."

실제로 현 시장은 성격이 매우 급해서 충분한 토의나 고려 없이 시티의 중요한 일을 즉흥적으로 결정을 하는 경향이 강했다.

"알겠어요. 당신의 뜻에 따를게요."

로레인은 결혼 후 처음으로 남편에게 존경의 감정이 듬뿍 담긴 눈길을 주었다.

'흐흐흐! 됐어. 역시 아버지의 머리는! 이것으로 그동안 판매를 하지 못해서 쌓여 있던 재고를 한꺼번에 처리할 수 있게 되었어!'

사실 우번이 지금 취하는 행동은 그의 아버지가 알려준 것이다. 재고 압박을 심하게 받고 있는 우번의 아버지는 원가에라도 후판을 넘기고 싶어 했던 것이다.

이거야말로 일석이조다. 거대한 창고에 가득 쌓여 있는 재고를 처분하는 것으로 아버지의 신임을 받고, 성질머리가 여간 아니라서 아직 제대로 남편 대우를 받아 본 적이 없는 자신의 위상도 재고시킬 절호의 기회였다.

사실 우번의 가문인 마론 자작가는 성주의 마르셀 가문에서 갈라져 나왔다. 그의 증조부가 당대 성주의 친동생이었다. 그 덕분에 자작 가문을 열었고 이재(理財)에 밝은 조부는 제철소의 운영권을 얻었으며 부친은 쌓은 부를 바탕으로 철강소를 열었다.

릴센 시티가 자체적으로 개발한 철광도 있었지만 철광산을 보유한 근처 시티들은 제련 및 제철 기술이 없기 때문에 철광석을 싼 가격에 매입해서 철괴를 비롯해서 다양한 철강 제품을 생산하고 판매해서 막대한 이윤을 남길 수 있었다.

그렇게 쌓은 부를 바탕으로 인력과 기술을 더욱 확보한 우번 가문의 철강소는 10년 전부터 본격적으로 후판을 생산하기 시작했다.

판매 대상은 당연히 타이탄을 생산하는 마탑들이었다. 당시만 해도 후판의 품질은 기존에 시중에 유통되는 것에 비해서 약간 손색은 있었지만 가격으로 승부를 하면 된다고 생각했다.

하지만 열두 마녀라고 불리는 마탑들의 반응은 그들의 예상과 달랐다. 품질의 차이는 결국 최종 제품의 품질 저하로 이어졌기 때문에 가격이 싸다고 해도 거들떠보지 않은 것이다.

우번의 아버지는 가문의 재산은 물론 거대 상단들로부터 거금을 빌려서 기존에 마탑에 납품을 하는 알펜 시티를 비롯한 몇몇 시티의 전문 기술자들을 스카우트해서 결국 1년 만에 기존의 후판과 동일한 품질의 후판을 개발하는 성과를 거두었다.

품질이 동등하니 이제는 정말 가격으로 승부를 하면 된다고 생각하고 생산 라인을 확충하고 전력을 다해서 후판을 생산했다.

그렇게 후판을 생산하면서 다시 거래선을 뚫으려고 했지만 이번에는 기존에 후판을 납품하던 시티들이 발목을 잡았다. 그쪽은 이미 오래전부터 마탑들의 담당자들과 인맥과 돈으로 얽혀 있었다.

결국 마론 자작가는 견적서조차 내지 못하는 수모를 당하고 만 것이다.

그래도 어떻게든 팔 수 있을 거라고 생각해서 후판은 계속 생산했다. 철광산이나 제철소를 계속 돌리려면 어쩔 수가 없었다. 후판 납품 문제로 인해서 기존에 제철소 및 철강소를 운영하는 시티들이 노골적으로 견제를 하고 있어서 철괴 형태로 판매하는 것까지도 힘들었기 때문이다.

하지만 아직까지도 눈에 띄는 성과가 없어서 결국 성주에게 도움을 요청할 수밖에 없었다.

그 결과가 바로 후판을 절반 가격으로 판매하는 대신 타이탄의 경매를 릴센에서 연다는 계약이었다.

그런데 로레인이 욕심을 부리는 바람에 일이 더 꼬이고 말았다. 상대는 그저 타이탄 라이더 정도가 아니었기 때문이다. 차기 시티의 후계자라는 대단한 신분을 가지고 있는 그는 모욕을 받았다고 생각했는지 시장이 직접 서명한 계약서를 찢는 것으로 계약 자체를 엎어 버렸다.

상황이 이렇게 되자 우번의 가문은 절체절명의 위기에 몰리고 말았다.

어제 밤늦게 열린 가문 회의는 결국 파산이 언급될 정도로 위기감에서 진행되었고 결론이 나왔다. 거대한 창고에 가득 쌓인 재고를 처리하는 한편 장기적이고 안정적인 판로를 위해서 아니테라의 후계자에게 고개를 숙이기로 말이다.

그래서 그와 만날 기회만 노리고 있는데 일이 이렇게 풀린 것이다.

가온을 불쾌하게 할까 봐 혼자 외부 손님용 숙소로 찾아간 우번은 피곤해 보이는 그의 안색을 보고 많은 사람들이 그를 찾아왔음을 알 수 있었다.

"이전에 방문한 손님들과 같은 용건이라면 할 말이 없습니다."

단호한 상대의 말에도 불쾌감이 강하게 묻어 나왔다.

"저는 타이탄 공방을 맡고 있지만 저희 가문은 릴센의 제철소와 찰강소를 운영하고 있습니다."

그제야 가온의 태도가 조금 부드러워졌다.

"파격적인 제안을 하려고 왔습니다."

"말해 보십시오."

"후판을 시중가의 절반이 아닌 70%까지 인하해서 판매하겠습니다."

상대는 놀랐는지 잠시 말이 없었지만 우번은 상대의 태도가 미묘하게 달라졌음을 느낄 수 있었다.

"대신 조건이 있습니다."

"뭡니까?"

"대외적으로 이 거래는 재무부장인 로레인이 주체가 되어야 한다는 점과 50% 인하된 가격에 거래했다고 알려져야 한다는 겁니다."

상대가 이중 거래를 요청한 것이다. 물론 가온 입장에서는 손해날 일이 전혀 없었다.

"공(功)이나 실적을 위해서입니까?"

우번은 대답 대신 고개를 끄덕였다. 상대 역시 한 시티의 후계자인 만큼 자신들의 상황을 잘 이해하는 것 같았다.

"다른 조건은요?"

"1천 톤까지는 70% 인하된 가격으로 판매를 하되 그 이후부터는 50% 인하된 가격에 판매를 하겠습니다."

창고에 가득 쌓인 후판 재고는 대략 3천 톤이 훨씬 넘었다. 그만큼 엄청난 자금이 창고에 묶여 있어서 자작가가 파산을 앞두었던 것이다.

"이 기회에 재고를 처리하는 것 같은데 창고에 있는 후판 중 3천 톤을 같은 조건으로 넘겨주시면 그렇게 하겠습니다."

혹시 몰라서 카오스로 하여금 릴센 시티의 제철소와 철강소를 살펴보게 한 결과 얻은 정보였다.

그동안 사교계에서 놀면서 단련되었기에 표정을 숨기는 데는 성공했지만 우번은 너무 놀라서 잠시 움찔했다.

'어떻게 창고에 쌓인 재고의 양을 알아낸 거지?'

아무튼 지금은 그게 중요한 것이 아니다. 자신이 중간에 욕심을 부렸을 뿐 그의 아버지는 그 가격에 재고를 처리하고자 했으니 말이다.

"알겠습니다. 그렇게 하지요."

"좋습니다. 그럼 3천 톤의 후판은 당장 구매하고 이후에는 시중가의 절반 가격으로 구매하도록 하겠습니다. 물건만 확인하고 정식으로 계약서를 쓰도록 하지요."

상대의 시원시원한 답변에 우번은 테이블 아래에서 주먹을 불끈 쥐었다.

드디어 성주의 맏사위지만 변변한 실적을 세우지 못했던 자신이 부친과 아내는 물론 사람들에게 인정을 받을 수 있게 된 것이다.

일은 일사천리로 진행되었다.

어두워지기 전에 거대한 창고 열 개에 가득 쌓인 후판의 상태를 확인한 가온은 제철소와 철강소를 운영하는 마론 자작과 정식으로 계약서를 썼다. 물론 이 자리에는 로레인이 계약의 중개인이자 공증인으로 참석했다.

"대금은 어떻게 받으시겠습니까? 참고로 본 시티는 보유 골드는 별로 없고 대신 금괴로 지불할 수 있습니다."

이번 경매로 수백만 골드를 챙겼지만 드래곤 아공간에는 어느 세상이든 화폐로 사용할 수 있는 금괴가 작은 산처럼 쌓여 있어서 그것부터 사용할 생각이다.

'이곳의 금 가치가 탄 차원보다 두 배가량 더 높으니 금괴가 나아.'

가온의 말에 잠시 고민하던 마론은 며느리이자 성주의 맏딸인 로레인과 잠시 귀엣말을 주고받더니 마침내 입을 열었다.

"타이탄으로 거래할 수 없겠지요?"

가온은 단호하게 고개를 흔들었다. 그건 안 될 말이다.

"3분의 2는 금괴로, 나머지는 중급 마정석으로 받고 싶은데 가능하시겠습니까?"

"물론 가능합니다."

중급 마정석은 충분했다.

'부족하면 던전 몇 곳을 돌게 하면 되니까.'

타이탄을 지급받은 아니테라 전사들을 그냥 놀릴 생각은 없었다. 실전을 겸해서 던전을 공략하게 할 예정이니 마정석의 수급은 문제가 없었다.

"과연! 타이탄을 직접 생산하는 시티답게 재력이 탄탄하군요. 그렇게 합시다!"

원래 거래는 밀고 당기기의 미학이라고 생각하는 마론 자작이지만 지난 3년간 너무 마음고생을 해서 그런지 지금은 시원시원한 가온의 언행이 너무 마음에 들었다.

가온은 곧바로 드래곤 아공간을 관리하는 알테어와 마정석을 관리하는 모둔에게 의념을 보내 수량을 준비하도록 지시하고 마론 자작 측의 제안을 받아들여서 물품 수령과 대금 지급은 내일 아침에 성주가 보는 앞에서 하기로 결정했다.

"하하하! 잘됐어! 로레인, 네가 애를 썼구나!"

다음 날 아침, 시티 수뇌부를 이끌고 제철소를 찾은 성주의 기분은 하늘을 찌를 듯했다.

사실 자신이 급한 마음에 특사 격으로 알펜 시티로 보낸 토바의 타이탄에 대한 설명에 흥분해서 그의 요청에 별생각 없이 덜컥 계약을 한 것부터가 실수였다.

로레인의 계책을 말리지 않고 받아들인 것도 머리가 좀 식으니 손해를 보는 게 아닌가 하는 의심 때문이었다. 후판 가격이야 마론 자작의 부탁이었으니 아무래도 좋았지만 타이탄이 알파급임에도 너무 비싸다는 생각이 들었기 때문이다.

그런데 회의실에서 가온이 단호하게 계약을 파기하고 나갔고 어제 용병들이 며칠 전에 낙찰받은 알파급 타이탄을 기동하는 모습을 보고는 애초 자신의 판단이 옳았다는 것이 증명되었다.

덕분에 상대인 가온에게는 면목이 없었지만 아직 배울 것이 많은 맏딸이나 다른 가신들에게는 면이 섰다. 딸의 잔머리에 부화뇌동을 했지만 애초에 자신의 눈이나 판단력이 옳았다는 사실이 증명되었으니 말이다.

하지만 그건 그거고 다시 계약을 수복하는 것이 급했다. 그 정도로 아니테라에서 제작한 알파급 타이탄의 성능은 대단했기 때문이다.

그래서 막대한 보상을 걸었는데 실수를 했던 맏딸이 정말로 자신이 원하는 계약을 다시 따냈으니 기분이 안 좋을 수가 없었다.

'후후후. 겉만 번지르르해서 마음에 안 들었는데 사위도 능력이 있는 것 같고.'

사실 시장은 이 일이 딸이 아니라 사위가 주도적으로 나서서 만들었다는 사실 정도는 파악하고 있었다. 시장이 따로 거느리고 있는 그림자 전사들이 우번을 미행했었다.

'이면 거래가 있는 것 같지만 딸이 후계자 자리를 굳히고 마론 가문에서 운영하는 제철소와 철강소가 세금만 제대로

내면 내가 상관할 바가 아니지.'

이럴 때는 모르는 척 속아 주는 것이 성주의 덕목이다.

하지만 그런 그도 계약이 마무리된 후 가온이 거대한 창고에 가득 쌓인 엄청난 양의 후판을 10여 개의 아공간 아이템을 사용해서 챙기는 것을 보고는 질릴 수밖에 없었다.

'미친! 아무리 한 시티의 후계자이며 특별한 임무를 받고 나왔다고 하지만 최상급에 해당하는 아공간 아이템을 이렇게나 많이 소지하고 있다니!'

가온이야 대충 반지나 팔찌 그리고 평범한 가죽 주머니를 꺼내어 후판을 집어넣는 시늉을 하면서 아공간으로 넣는 것이지만 마침 동행한 마법사가 한 명도 없었기에 알 리가 없는 성주와 수뇌들은 기절할 듯 놀랄 수밖에 없었다.

'비록 알려지지는 않았지만 아니테라 시티는 이렇게 막대한 재력이 있었기에 타이탄을 생산할 수 있었겠구나!'

모두의 머릿속에 떠오른 생각이었다.

아마 가온이 마론 자작과 이면 계약서를 작성하면서 미리 내놓은 금괴와 마정석 들을 보았다면 아예 기절했을지도 모른다. 아무리 70% 인하된 가격이라도 후판의 양이 3천 톤이나 되었던 만큼 엄청난 양을 대금으로 지불했기 때문이다.

하지만 그게 끝이 아니었다.

"중간에 사고가 있었기는 했지만 후판 거래가 원활하게 이루어졌으니 귀 시티에 선물 하나를 드리겠습니다."

예지몽으로
히든랭커

"선물은 언제나 환영이오."

말은 그렇게 하면서도 성주는 기대할 수밖에 없었다.

"전사단에 지급은 했지만 아직 라이더가 배정되지 않은 타이탄 5기를 각각 50만 골드에 구입할 수 있는 기회를 드리겠습니다. 물론 열흘 후에는 타이탄 10기를 경매에 내놓을 겁니다."

"오오! 그거 듣던 중 반가운 말이오!"

상주는 물론 헌터부장과 타이탄 전사단장까지 반색을 했다. 그들이 직접 확인한 아니테라의 타이탄은 기존의 것과는 비교할 수 없을 정도로 강력한 전력을 가지고 있었다.

"이미 말씀드린 것 같은데 본 시티에서 사용하는 후판은 기술과 재료 문제로 인해서 한동안 추가로 생산하기 어려운 특수강으로 앞으로 경매에 내놓을 타이탄들은 이곳 특산의 후판으로 제작할 것이기에 기존 타이탄에 비해 평균적으로 15% 정도 더 높은 제원을 가지게 될 겁니다."

더 이상 아니테라에서만 생산할 수 있는 특수강을 사용한 타이탄은 팔지 않겠다는 것이다.

타이탄의 전력은 관절부에 사용되는 재료나 마나 회로에 해당하는 다양한 선 그리고 마법진의 효율도 큰 영향을 미치지만 방어력의 경우 후판이 가장 중요하기 때문에 앞으로 경매에 나올 타이탄은 기존의 것보다 떨어지는 전력을 가질 수밖에 없었다.

그 사실이 안타깝기는 했지만 어쩔 수 없는 일이다.

그렇게 릴셴 시티로 건너온 가장 중요한 목적이 달성되었다.

하지만 아직 할 일이 남아 있었다. 이 세계의 몬스터 웨이브를 경험하는 일 말이다.

아니테라의 성장

그날 오후까지 네 용병이 타이탄을 타고 다양한 마수와 몬스터를 상대하는 것까지 도와준 가온은 저녁이 되기 전에 성을 당당히 빠져나갔다.

"대형 마수나 몬스터는 없다고 해도 성 밖에는 마수와 몬스터 들이 즐비한데 괜찮겠어요?"

아이린을 비롯한 용병 수뇌부가 불안한 얼굴로 그를 배웅했다.

"은신 아이템이 있기 때문에 괜찮습니다."

"뭐 그러시다면. 내일 아침에 돌아오시는 건 맞죠?"

"아침에 회의가 예정되어 있으니 새벽에 돌아올 겁니다."

가온이 가지고 온다는 타이탄 5기와 알펜의 용병들이 보유하고 있는 4기가 추가되었기 때문에 타이탄 전력이 크게 높아지자 릴센 시티의 수뇌부는 모험을 해 보기로 했다.

바로 방어전이 아니라 공세전을 펼치기로 한 것이다. 대형 마수와 몬스터 들이 집결하기 전에 숫자가 많아서 성가신 중소형 마수와 몬스터를 어느 정도 정리할 심산이었다.

그 때문에 내일 회의가 예정되었고 알펜 시티의 용병 수뇌부도 회의에 참가하기로 했다. 소드마스터의 무위를 드러낸 가온이 참석하는 것은 너무 당연한 일이었다.

"쪽문을 잠시 열어 드리겠습니다!"

어제와 오늘에 걸쳐 용병들의 타이탄 기동 실전을 지휘한 가온의 모습을 지켜봤던 북문 수비대장이 경의에 가득한 얼굴로 선심을 베풀었다.

"아닙니다. 혹시 모르니 아이템을 활성화시킨 후 성벽 아래로 뛰어내리면 됩니다."

베타급 타이탄도 통과할 수 있는 거대한 성문만큼은 아니더라도 쪽문 역시 마차가 드나들 수 있는 크기이기에 문 근처에 있는 마수나 몬스터 들이 들어올 수 있었다.

그렇게 성벽 위로 올라간 가온의 몸이 잠시 희뿌연 빛무리에 휩싸이는 것 같더니 순식간에 사라졌다.

"허어! 정말 사라졌어!"

"은신 아이템이라고 하더니 정말 대단하네."

"아니테라 시티는 타이탄뿐 아니라 매직 아이템을 제작하는 높은 기술력까지 가지고 있는 모양이네."

시티마다 마탑이 하나 이상은 있기 때문에 용병들도 비싸기는 하지만 매직 아이템을 사용해 본 경험이 있다. 하지만 이렇게 빨리 활성화되는 아이템은 본 적이 없었다.

어느새 아니테라 시티는 사람들에게 엄청난 기술력과 전력을 보유한 시티로 인식되고 있었다.

아니테라로 건너간 가온이 나타난 곳은 타이탄 제조창이었다.

"오셨습니까."

제조창을 맡은 알름 원로가 가온을 반겼다. 마침 시간이 정오를 조금 지났을 때여서 장인들이 점심을 먹고 쉬는 시간인 모양이다.

"수고가 많습니다."

"수고는요. 오히려 보람찬 시간을 보내고 있는 중입니다."

조금 마르기는 했지만 생기가 넘치는 얼굴을 보아하니 그냥 하는 소리는 아닌 것 같았다.

"얼마나 생산되었습니까?"

"판매용은 따로 챙겨 두었는데 꽤 수량이 될 겁니다. 그리고 아니펜은 헤루스께서 지시하신 대로 생산하는 대로 타이탄 전사단에 넘겨주었습니다."

판매용 타이탄과 구별하기 위해서 아니테라에서 사용할

타이탄은 이곳에서도 아니펜이라고 불렀다. 그 아니펜은 생산하는 대로 엘프 전사장과 나가족 전사장들에게 지급하도록 했었다.

"릴센의 후판으로 제작한 물량은 어느 정도입니까?"

아이테르 차원 풀 물량은 이곳 시간으로 20일 전에 보낸 후판을 이용해서 제작해 왔다.

"베타급 20기와 알파급 200기입니다."

"왜 그렇게 많습니까?"

가온이 알기로 알파급 타이탄의 생산 능력은 하루에 5기 정도였다.

"저희가 사용하는 특수강과 달리 릴센의 후판은 일반 강철이라서 다루기가 쉽더군요. 더구나 우리 것보다 낮은 제원만 맞추면 되기 때문에 공정이 짧아졌습니다. 하루에 10기는 거뜬히 제작할 수 있습니다."

"제원은 어떻습니까?"

"대부분의 항목에서 그곳에서 유통되는 타이탄보다 대략 1.5할 정도 높습니다. 베타급은 대략 3할 정도 높고요."

그 정도라면 경쟁력은 충분했지만 베타급은 아직 판매할 생각은 없다.

"우리만의 기술이 적용되지는 않았겠지요?"

"물론입니다. 기존에 사용되고 있는 마법진의 회로를 개선하는 것만으로도 전력이 상승한 겁니다."

"그랬군요. 그것들을 챙겨 가야 할 텐데 창고에 있습니까?"

"네. 안내해 드리겠습니다."

알름을 따라 새로 지은 거대한 창고 안으로 들어가자 베타급과 알파급 타이탄들이 한쪽 무릎을 꿇고 있었고 손에는 전용 아공간 카드가 놓여 있었다.

"시험 가동은 당연히 했습니다. 각 개체의 전력 차이는 대략 2% 정도입니다."

"고생하셨습니다."

가온은 꼼꼼하게 일을 처리한 알름에게 감사한 마음을 전하고는 아공간 카드를 활성화시켜서 타이탄들을 아공간에 모두 집어넣은 후 카드만 챙겼다. 그것만 해도 어마어마한 숫자였다.

"그런데 다른 용도의 타이탄 개발은 어떻게 되어 갑니까?"

알름이 마음에 맞는 이들과 따로 개발을 하는 특수한 타이탄을 말하는 것이다.

"헤루스께서 후판과 스프링을 비롯한 다양한 철강 제품을 넉넉하게 보내 주신 덕분에 시제품을 만들고 있습니다. 다음번에 오시면 보실 수 있을 겁니다."

"몇 종이나 됩니까?"

"총 다섯 종입니다. 일단 드릴을 사용해서 터널을 파는 타이탄과 지구 차원의 포클레인과 탱크와 비슷한 기능을 하는 타이탄 그리고 파쇄 타이탄은 이미 완성이 되어 시험 가동을 끝냈습니다. 그리고 드릴 대신 장착할 수 있는 불도저도 완성되었고요. 궁사 전용 타이탄과 마법사 전용 타이탄은 시제품을 만들고 있고요."

"정말 대단합니다!"

가온은 순수하게 감탄했다. 오랜 시간 동안 쌓아 올린 지식과 기술의 축적도 없는 상태에서 이렇게 짧은 기간 내에 변형 타이탄들을 만들어 내다니 정말 대단했다.

"대단하기는요. 오히려 헤루스 덕분에 일족의 분위기가 얼마나 활발해졌는지 모릅니다. 게다가 엘프족과 스노족 결계술사들이 합류하는 바람에 일이 아주 쉬워졌습니다."

"그랬습니까? 다들 건강은 챙기면서 일하는 거지요?"

"당연하지요. 헤루스께서 우리 일족에 한해서는 허니비와 로열젤리를 이용한 영약을 제한 없이 복용할 수 있도록 해 주셔서 다들 건강하게 지내고 있습니다. 우리 모라이족이 제대로 인정을 받는 것 같아서 다들 큰 자부심을 느끼고 있습니다."

"그렇다면 다행입니다. 원로부터 건강하셔야 합니다."

특별한 기계공학적 지식이나 기술이 없는 상태에서 이런 역작들을 빠른 시간에 만들어 내는 놀라운 능력을 가진 모라이족은 가온에게 엄청난 도움을 주고 있었다.

그렇게 타이탄 제조창을 들른 가온이 향한 곳은 타이탄을 지급받은 아니테라 전사단 본부였다.

"헤루스!"

"어서 오세요!"

　전사단에는 그동안 못 보던 얼굴들이 다수 보였다. 나가족 전사들은 물론이고 스노족 전사들과 모라이족 전사들까지 이곳에 합류한 것이다.

　이게 모두 타이탄 때문이다. 타이탄이 지급되면서 이전처럼 종족 고유의 전투술만 고집할 수 없는 상황이 된 것이다.

　이곳에 모인 전사들 역시 점심을 먹은 후 휴식을 취하고 있는 상황이라 방해가 될까 봐 가온은 인사를 받으면서 전사단 본부 건물로 향했다.

　약속이나 한 듯 베타급 타이탄 라이더들이 그의 뒤를 따랐다. 모두 31명이었다.

"헤루스, 드디어 출격인가요?"

　사람들이 회의실을 가득 채우자 예하가 기대 가득한 얼굴로 물었다.

"자신만만한 얼굴이네."

"기동 훈련을 얼마나 많이 했는지 아세요? 매일 입에 단내가 날 때까지 계속 기동 훈련을 하고 며칠 전부터는 대련도 하고 있다고요."

　돌아보니 다들 자신감이 가득한 얼굴이다. 심지어 경지 자체로는 가장 낮은 편에 속하는 모라이족 전사들까지 말이다.

이들이 이 정도이면 알파급 타이탄을 지급받은 전사장들의 기동 훈련 역시 제대로 진행되고 있을 것이다.

'굳이 이들의 존재를 숨길 필요가 있을까?'

생각해 보니 아까웠다. 이 자리에 있는 이들도 그렇지만 알파급 타이탄을 배정받은 전사장들도 실전을 학수고대하고 있다.

'지금 우리 전력을 밝히면 세상이 난리가 나겠군.'

알펜 시티가 작은 규모라고 하지만 베타급 타이탄은 겨우 7기만 보유하고 있다.

알펜 시티가 타이탄용 후판을 생산해서 열두 마녀 측에 납품하는 특별한 관계를 맺고 있다는 점을 고려하면 미들시티 정도는 되어야만 그 정도의 물량을 보유하고 있을 것이다.

세상에는 전혀 알려지지 않은 아니테라 시티에서 자신까지 합해서 무려 40기에 육박하는 베타급 타이탄과 800기가 넘는 알파급 타이탄을 보유하고 있다는 사실이 알려지면 세상은 그야말로 난리가 날 것이다.

당연히 부정적인 영향도 있을 테고 긍정적인 영향도 있을 테니 조금 더 시간을 들여서 공개 여부를 결정할 필요가 있었다.

하지만 이만한 전력을 계속 훈련으로 묶어 놓는 것도 마음에 들지 않는다.

'한번 해 볼까.'

가온은 의뢰 여부와 상관없이 트롤과 오우거 사냥을 해 보기로 했다.

'잘하면 몬스터 웨이브가 아예 발생하지 않을 것도 같군.'

사실 트롤이나 오우거는 단독 생활을 하거나 가족 단위로 무리를 이루기 때문에 많은 숫자를 상대할 기회는 거의 없다.

'게다가 놈들은 상급 마정석을 가지고 있지.'

가온이 보유한 상급 마정석이 많다고는 해도 무한한 것은 아니다. 게다가 훈련 때문에 하루에도 몇 번씩 연속 기동을 하기 때문에 하루에 소모되는 물량이 엄청났다. 그렇기 때문에 더욱 욕심이 났다.

"좋아. 조만간 소환할 테니 상대가 트롤이나 오우거라고 생각하고 훈련하고 있어."

가온의 말에 라이더들이 다양한 반응으로 화답했다.

몬스터 웨이브를 앞두고 있는 릴센 시티의 대책 회의가 내정되어 있는 시간까지는 이곳 세상을 기준으로 대략 보름 정도의 여유가 있었다.

가온은 그동안 사랑하는 세 여인과 행복한 시간을 보냈다. 함께 이야기를 나누면서 식사를 하고 함께 수련을 하고 함께 휴식을 즐기는 것만으로도 네 사람은 충분히 행복했다.

밑바탕에 서로에 대한 믿음과 존중이 두텁게 깔려 있었고 밤이면 몸과 영혼의 교류를 하니 행복하지 않을 수가 없었다.

처음에 자리를 잡은 엘프족에 이어 모라이족 그리고 나가족과 스노족은 이곳을 풍요의 땅으로 꾸며 놓았다.

아직 개발을 하지 않은 드넓은 황무지가 엄청나지만 네 일족이 자리를 잡은 구역 안쪽은 누구든 일만 하면 먹을 것과 입을 것 그리고 안락한 잠자리를 가질 수 있었다.

마나가 풍부한 이 땅에서 자라는 다양한 동식물은 마나를 품고 있었고 엘프족의 정성 어린 손길에 종의 한계를 뛰어넘는 놀라운 생육을 보여 주었다.

특히 거대 콩나무인 자쿵은 한 지역을 뒤덮을 정도로 왕성하게 번식을 했다. 게다가 연중 내내 수확을 할 수 있어서 가온은 전사들은 물론 전 주민들에게 일정한 양을 배급해 주도록 했다.

자쿵에는 마나 증진의 효과가 있어 전사들은 맛이나 풍미와는 상관없이 즐겼고 네 종족은 자신들만의 레시피를 개발해서 다양하게 즐겼다.

아니테라로 건너와서 생태가 변한 동물도 있었다. 바로 허니비였다. 녀석들은 1년 내내 다양한 꽃이 피어나는 이곳에 완전히 정착했다.

그리고 그 과정에서 허니비의 가장 단점이었던 공격성이

약화되었다. 천적이나 경쟁 대상이 없어서 그런지 사람들이 자신들의 영역으로 들어와도 공격을 하지 않게 된 것이다.

　매일 엄청난 양의 꿀이 채밀되고 있지만 녀석들의 영역과 무리는 나날이 늘어났다. 그리고 그것들은 엘프족과 모라이족의 손길에 의해서 영약으로 만들어졌다.

　복잡한 과정을 거치지 않아도 농밀한 마나와 생명력을 품고 있어서 지금은 각 종족의 아이들과 노인 그리고 허약한 이들의 건강에 큰 도움이 될 뿐 아니라 전사들의 성장에도 엄청난 기여를 하고 있었다.

　그리고 그중 가장 놀라운 영약이 새로 탄생되었다.

　아니테라를 떠나기 전날 모둔이 처음 보는 포션 병을 꺼내 놓았는데 이름이 아주 특이했다.

　"성장유?"

　"네. 세계수의 수액과 허니비의 로열젤리와 꿀, 그리고 자쿵에서 짠 즙을 적절한 비율로 혼합했기 때문에 성장에 큰 도움을 줄 수 있어서 두 동생과 의논한 끝에 그렇게 부르기로 했어요."

　"성장에 어떻게 도움을 주기에?"

　"이 한 병을 마시면 최소 열 번까지는 내성 없이 마나 100이 증가하고 그와 동시에 심신의 피로를 80% 이상 회복시켜 줘요."

　이 작은 병에 든 액체를 마시는 것만으로 마나가 무려 100

이나 증가하고 육체와 정신의 피로를 80% 이상 회복시켜 준다니 놀라지 않을 수 없었다. 거대 콩인 자쿵도 영약이라고 하더니 과연 대단한 영약이 탄생했다.

하지만 성장유의 효과는 그게 끝이 아니었다.

"제 부탁을 받아서 열 번을 마신 아레오와 아나샤의 말로는 육체와 정신의 한계를 확장해 주는 것 같다고 하더라고요."

세 주재료는 모든 생명체에게 보물이나 다름없는 영약이기에 시음 자체는 아무런 문제도 되지 않았다.

"그 정도야?"

"네. 예를 들어 근력이나 집중력과 같은 부분에서 수련만으로는 더 이상은 발전할 수 없을 것 같은 한계에 부딪혀서 그 결과로 수련이 정체되었는데 이 비약을 마신 후에 그 한계를 돌파하게 되었다고 했어요."

모둔이 말하는 것은 자신과 같은 플레이어가 레벨업 보상으로 스탯이 증가하는 것과 비슷했다. 레벨이 이제 600이 넘는 자신의 경우만 해도 꽤 오래전부터 수련으로는 근력이나 민첩과 같은 스탯을 올릴 수 없었다.

"대체 이건 어떻게 만든 거야?"

"그동안 짬짬이 엘프족의 다이아스 원로로부터 제약술을 전수받았는데 한번 응용해 봤어요."

이런 영약을 그렇게 쉽게 만들었다고? 이건 정말 말이 안되는 일이었지만 모둔이 자신의 여인이기에 한없이 기쁠 수밖에 없었다.

가온은 모둔을 끌어안았다.

"고생했어! 내게도 도움이 되겠지만 나중에 대량생산을 하게 되면 아니테라 사람들의 건강과 성장에 엄청난 도움이 될 것 같아!"

자신의 본신……이라기에는 좀 모호했지만 아무튼 지구의 가온에게도 큰 도움이 될 것이다. 마시는 것만으로도 마나가 늘어날 테니 말이다.

몬스터 웨이브

다음 날 아이테르 차원으로 넘어오기 전에 모둔이 성장유를 챙겨 주었다.

"아쉬운 건 다른 효과들도 많을 것 같은데 아직은 확인하기가 힘들어요."

자쿵과 허니비의 로열젤리와 꿀은 그렇다고 치더라도 세계수의 수액은 생명체에게 엄청난 공능을 가지고 있기에 모둔이 말한 대로 다른 효능이 더 있을 가능성이 아주 높았다.

만들어서 시음을 해 본 게 얼마 되지 않았을 텐데도 성장유의 수량은 꽤 많았다. 아레오와 아나샤가 사용할 양을 제외하고도 500병이 넘게 있었다.

가온은 당장 성장유의 효과를 몸으로 확인해 보고 싶었지만 애써 참았다. 음양기가 무려 1천만 넘는 자신에게 마나 증가는 별 의미가 없었다.

더구나 마나 증진과 더불어 대표적인 효과인 피로회복의 경우 지금처럼 몸과 마음이 안정된 상태에서는 전혀 확인할 수가 없었다.

아무튼 그렇게 큰 선물을 받고 아이테르 차원으로 건너온 가온은 시간이 새벽이라는 사실을 확인하고 곧바로 투명날 개를 장착한 후 은신 모드로 릴센성 주위를 크게 선회했다.

그런데 이상한 점이 있었다. 릴센성의 분위기가 달라져 있었다.

'투기?'

성 중심부에서 아주 강렬한 투기가 발산되고 있었다. 내성에서 전사들이 싸우는 것이 아니라면 이유는 하나밖에 없었다. 전사들이 모두 투기를 방출하고 있다는 것 말이다.

'설마 몬스터 웨이브 때문일까?'

하지만 아직 해가 떠오르지 않은 시간이라서 그런지 성을 둘러싼 마수와 몬스터 들에게는 큰 변화가 없었다. 아직 잠에서 깨지 않은 놈들이 많았다.

로랑에게서 들은 바로는 일단 몬스터 웨이브가 시작되면 마수와 몬스터 들은 잠도 자지 않고 내내 날뛴다. 휴식도 없이 사나흘 정도 정말 인간을 찢어 죽여 뜯어먹기 위해서 발광을 하는 것이다.

안타까운 사실은 그 몬스터 웨이브의 원인이 아직도 밝혀지지 않았다는 사실이다.

일반적이라면 식량이 부족해서라든가 놈들을 홀리는 그 무엇인가가 인간의 성안에 있다든가 하는 이유를 생각해 볼 수 있지만 그건 절대로 아니었다.

놈들은 일정한 때가 되면 무언가에 홀려서 며칠 동안 어떻게든 인간을 잡아 죽이기 위해서 미친 듯이 성을 넘으려고 발광을 하는 것이다.

'아직 몬스터 웨이브가 시작된 것은 아닌데 왜 성의 분위기가 이렇게 살벌한 거지?'

가온은 나갈 때와 마찬가지로 은신 스킬을 사용해서 성의 북문을 넘었다.

그가 스킬을 해제하자 어제 나갈 때 그를 배웅했던 수비대장이 알아보고 달려왔다.

"하루 만에 분위기가 달라졌는데 무슨 일이 있습니까?"

"성주님의 공표가 있었습니다. 이르면 오늘 내에 몬스터 웨이브가 시작할 거라고요."

예상했던 바여서 놀라울 것은 없었지만 어떤 이유로 몬스터 웨이브가 오늘 시작될 거라고 확신했는지는 궁금했다.

"그렇군요."

"식사를 겸한 비상 대책회의가 곧 시작될 테니 서두르시는 것이 좋을 것 같습니다. 이 말을 타고 가시면 됩니다. 말은 내성 수비대에 맡기시면 되고요."

수비대장은 알아서 가온을 챙겼는데 딱히 뭘 바라고 하는 행동이 아니었다. 이틀 동안 북문 밖에서 타이탄 기동 훈련을 겸한 사냥을 했던 모습이 인상적이어서 호감을 가진 것 같았다.

그러고 보니 그의 눈 아래가 거뭇거뭇하고 피부가 거칠게 일어나 있는 것이 눈에 들어왔다.

비교적 정상적으로 보이는 다른 병사들의 얼굴을 보니 그가 수비대장으로 얼마나 힘들게 살고 있는지 알 것 같았다. 비상이 걸린 상황에서도 병사들과 달리 제대로 쉬지도, 자지도 못한 것 같았다.

"이건 우리 아니테라 시티에서 제조한 포션입니다. 심신의 피로를 풀어 주는 데 큰 효능이 있으니 한 병 드십시오."

허니비 비약이었다.

"아! 이렇게 귀한 것을!"

아니테라의 포션에 대해서는 들어 본 바가 없었지만 자신과 같은 책임 전사의 신분으로는 감히 이렇게 편하게 말을 나눌 수도 없는 베타급 타이탄 라이더가 자신을 위해 포션을 주니 감동을 받을 수밖에 없었다.

"지금 마시세요."

가온은 상대가 포션을 무슨 보물을 다루듯 조심스럽게 방어구 외투의 주머니에 넣으려는 것을 보고 강권을 했다.

"네, 감사합니다."

할 수 없이 비약을 들이켠 수비대장의 얼굴이 빠르게 변했다. 목에서부터 시작되는 상쾌함이 뇌는 물론 오장육부로 퍼지면서 발휘되는 효능을 생생하게 느끼고 있었다.

"이건 마치 푹 자고 일어난 것 같은데…… 대체 어떻게 이렇게 효과가 즉각적으로 발동되는 겁니까?"

"그럼 수고하세요."

가온은 비약의 효능에 너무 놀라서 버벅대는 그를 뒤로하고 말 위로 훌쩍 올라간 후 내성 쪽으로 달려갔다.

식사 메뉴는 단출했다. 빵과 삶아서 잘게 찢은 고기를 베이스로 한 걸쭉한 스튜로 향신료가 많이 들어가지 않아서 아침 메뉴로는 적당했다.

하지만 아직 회의를 주재할 성주는 도착하지 않아서 다들 주위 사람들과 낮은 소리로 대화를 나누고 있었다.

다만 가온은 대화를 나눌 상대가 없었다. 늦게 들어오는 바람에 문과 가까운 곳에 앉게 되어 주위에 아는 이가 전혀 없었다.

하지만 그렇다고 따돌림을 당하는 것은 아니었다. 멀리 떨어진 곳에 앉아 있는 로랑과 릴센 시티 용병지부장 토바부터 시작해서 다들 어떻게든 그와 대화를 하고 싶은 얼굴로 눈치만 보고 있었다.

이름은 생소하지만 타이탄을 자체 생산할 정도로 대단한 전력을 가진 시티의 후계자이며 베타급 타이탄 리더 그리고 알파급 타이탄을 경매에 내놓겠다는 인물이니 당연한 일이다.

만약 이 자리가 비상 회의가 아니라면 벌써 그의 주위에는 사람들이 들끓었을 것이다.

그런데 말을 붙여 오는 사람이 있었다. 바로 생활부장인 아그네스였다.

-안녕하세요!

업무 처리가 바쁜지 낯빛도 안 좋고 다크서클이 길게 내려왔지만 반달이 된 눈은 생글거리며 웃고 있었다.

가온은 빙긋 웃으며 고개를 끄덕였다. 의념이라서 굳이 입을 열 필요는 없었다.

-그러지 마세요.

'뭘요?'

-아무한테나 그렇게 웃지 마시라고요.

'네?'

무슨 소리를 하는 건지 좀 황당했다.

-아, 아니에요. 그런데 저희의 약속은 여전히 유효한 거죠?

'무슨? 아! 타이탄 판매요?'

-네. 릴센과도 약속을 했다고 들어서요.

자신들에게 돌아갈 물량이 걱정인 모양이다.

―지금 여우성에서 얼마나 기대가 큰 줄 아세요? 타이탄 라이더를 선출하기 위해서 대대적인 대회까지 열고 있다고요.

'하하하. 걱정하지 마십시오. 여우성에 넘길 타이탄은 비축된 상태니까요.'

―히유! 잘됐다. 어제 그 소식을 듣고 얼마나 놀랐는지.

'그런데 이런 자리에 생활부장까지 참석합니까?'

―보급은 생활부의 담당이니까요.

생각해 보니 전투만큼이나 중요한 것이 바로 보급이다. 오래전에 지구에서도 어떤 강대국이 보급, 즉 병참 문제로 인해서 객관적으로 상대도 안 된다고 평가되었던 국가의 전쟁에서 심한 곤란을 겪은 일이 있었다.

그때 성주인 헤겐이 맏딸인 로레인과 함께 회의실로 들어왔다.

몬스터 웨이브는 식사를 하면서 할 정도로 가벼운 건이 아니기에 먼저 식사부터 시작했는데 메뉴도 그렇고 분위기도 무거워서 다들 입맛이 없는지 금방 끝이 났다.

"자, 식사를 마쳤으니 차를 마시면서 상황부터 듣도록 하지. 정보부장!"

벌써 식사를 마친 정보부장이 식사를 할 때 나온 차를 한 모금 마시더니 앞으로 나왔다. 그리고 손에 잡히는 작은 기계를 조장하자 회의실 전면에 지도가 나타났다.

창가에 앉은 이들이 커튼을 치자 지도의 내용이 아주 선명하게 보였다.

가온은 한번 쳐다보는 것만으로도 상황을 알 수 있었다.

'외곽의 저 점들은 뭐지?'

성 밖에 포진한 몬스터 중 가장 많은 숫자를 차지하는 것은 놀, 고블린, 오크 그리고 다양한 종류의 늑대였는데 알아볼 수 있는 이미지로 형상화되어 있었다. 그리고 외곽 쪽으로도 상당히 많은 마수와 몬스터 무리가 포진하고 있었는데 가장 외곽에 찍힌 점들이 심상치 않아 보였다.

점들이 한 마리를 표시하는 것이라고 해도 상당히 많은 숫자였는데 문제는 총 여섯 곳에 몰려 있다는 사실이다. 외부와 통하는 길목 말이다.

정보부장이 브리핑을 시작했다.

"성 주위에 포진한 놈들이야 여러분도 실시간으로 확인하고 있으니 잘 알 겁니다. 우리 정보부가 판단하길 몬스터 웨이브가 오늘 오후 늦은 시간에 시작될 거라고 예상한 근거는 바로 이곳을 포함한 여섯 곳에 새로 나타난 오우거들 때문입니다."

그 점들이 오우거를 가리킨다니 사실 이해가 잘 가지 않았다. 점의 숫자는 대략 400여 개나 되었고 특히 정보부장이 찍은 지점에는 50개 정도는 되었다.

"그동안 우리 시티에서 발생한 몬스터 웨이브를 조사한 결과에 따르면 평소에는 거의 볼 수가 없는 오우거 주술사가 모습을 드러내고 광역 주술을 펼치면 몬스터 웨이브가 시작됩니다. 놈이 오크 주술사의 장기인 버서커보다 훨씬 더 강력한 인사니아 주술을 펼치고 죽어 가면서 시작되는 것이지요. 대체 놈이 왜 자신이 쌓은 마력과 생명을 매개로 그런 대단위 주술을 펼치는지는 알 수 없지만요."

호오!

새로운 정보를 알게 되었다. 아직도 알 수 없는 것들이 많았지만 최소한 어떻게 몬스터 웨이브가 시작되는지는 알게 된 것인데 이마저도 최근에서야 밝혀졌다고 한다.

인사니아라는 단어는 광기(狂氣) 혹은 광분(狂奔)이라는 의미다. 그 단어에 맞게 마수와 몬스터 들이 광기에 빠져 이성을 잃고 에너지가 방전될 때까지 날뛰게 만드는 아주 강력한 주술이었다.

그럼에도 불구하고 평소 천적 혹은 경쟁 관계인 마수와 몬스터 들이 서로를 공격하지 않고 인간에게만 적의를 보이는 것은 이해할 수 없었지만 대단한 주술이었다.

'그럼 오우거 주술사를 죽이면 몬스터 웨이브가 시작되지 않는 건가?'

궁금했지만 누구에게 물어볼 상황이 아니다.

"다들 경험했듯 몬스터 웨이브가 시작되면 대형 마수와 몬스터 들은 성벽을 무작위로 공격하기보다는 성문 쪽을 집중적으로 공격합니다. 따라서 인원을 적절하게 배치할 필요가 있습니다."

정보부장은 미리 논의가 된 것처럼 물 흐르듯 자연스럽게 인원 배치를 발표했는데 100명이 200미터의 구간을 맡는 내용이었다. 물론 그 100명에는 대형 수성 무기를 다룰 수 있는 전문가와 방어 마법을 운용할 마법사가 포함된다.

용병들 역시 인원에 따라서 적절한 구간을 맡는데 효율적인 운용을 위해서 가능하면 같은 소속이거나 친한 이들로 그룹을 짜 준다.

다만 알펜에서 지원을 나온 용병들은 사상자가 발생할 경우 릴센 측에서 가족이나 용병길드에 배상을 해야 하기 때문에 예비대로 편성이 되어 상황에 따라서 투입된다고 했다.

"이번에는 타이탄 전력의 배치입니다."

대외비인 릴센 시티의 타이탄 전력이 공개되는 순간이다.

"일단 베타급 타이탄 12기는 네 성문에 각각 3기씩 배치됩니다. 그리고 알파급 타이탄 7기씩도 추가되어 총 10기가 한 부대를 이루어서 성문의 수비를 맡습니다."

타이탄이 총 40기나 되다니 과연 중형급 시티다운 전력이다. 물론 이런 전력임에도 릴센은 타이탄 증강에 목을 매고 있지만 말이다.

'그만큼 마수와 몬스터의 세가 강한 거겠지.'

"그리고 알펜과 릴센의 용병들은 각각 한 성문에 합류해서 혹시 성안으로 들어오는 마수와 몬스터를 맡기로 했습니다."

왜 그렇게 합의했는지 모르겠지만 로랑 일행이 꽤 답답할 것 같았다. 비록 이틀에 불과하지만 양 떼를 사냥하는 늑대처럼 날뛸 수가 없게 된 것이다.

"그런데 온 훈 님은 어떻게 하시겠습니다. 어젯밤에 문의를 하려고 했는데 성안에 안 계셔서……."

마법부장이 공개적인 자리에서 질문을 했는데 이젠 가온을 한 시티의 후계자로 인정한 듯 태도가 무척 조심스러웠다.

'흠. 어떻게 할까?'

자신은 수비보다는 공격이 좋다. 사기를 위해서라도 먼저 나가서 쓸어버리고 싶었다.

그런데 막 대답하려는 순간 떠오른 생각이 있었다.

"그 전에 질문이 있습니다."

"말씀하십시오."

"만약에 인사니아 주술이 펼쳐지기 전에 오우거 주술사를 죽이면 어떤 상황이 벌어지는 겁니까?"

"……아마도 몬스터 웨이브가 멈추지 않을까요?"

정보부장은 어이가 없는 얼굴을 하고서도 가온의 질문에 대답을 했다.

"물론 그렇다고 몬스터 웨이브가 완전히 멈추지는 않을 겁니다. 시작도 되기 전에 고블린과 오크를 포함한 수많은 마수와 몬스터 들이 성을 에워싸고 있으니까요. 그래도 밤낮도 없이 성을 공격하는 광기 어린 공격성이나 평소보다 더 강해진 능력을 발휘하는 것은 막을 수 있을지 모릅니다."

"온 훈 경은 우리 릴센에게는 큰 전력입니다. 그리고 우리 마법사들이 공중에서 살펴본 바에 따르면 놈은 50여 마리에 달하는 오우거들에게 보호를 받고 있다고 하니 성급한 판단은 금물입니다."

정보부장이 새로운 가능성에 얼굴이 밝아진 데 반해서 뒤이어 말한 전사부장은 가온의 돌발적인 행동을 우려하는 것 같았다.

"오우거 50마리라. 될 것도 같은데⋯⋯."

가온의 혼잣말에 시장이 벌떡 일어났다.

"온 훈 경, 혹시 아니테라의 타이탄 라이더들이 근처에 있소?"

헤겐 시장은 뭔가 짚이는 것이 있는지 기대하는 얼굴로 물었다.

"그렇습니다. 본 시티의 타이탄 전사단이 방금 언급된 지역과 멀지 않은 곳에 도착해서 대기하고 있는 상태입니다."

"어, 얼마나 되오?"

"마침 숫자가 비슷합니다. 베타급 라이더 20명에 알파급 라이더가 30명입니다. 다만 그들은 다른 임무를 받고 나온 것이라……."

자신이 오우거 주술사를 맡겠다는 얘기를 하려던 가온은
순간 '내가 왜?'라는 생각이 들자 말을 흐렸다.

가온의 대답에 참석자들은 믿을 수 없다는 얼굴이 되었지
만 이내 마른침을 삼켰다.

베타급 타이탄 20기를 포함해서 타이탄이 총 50기다. 릴센
의 타이탄 전력을 웃도는 막강한 전력이 릴센을 돕는다면 이
번 몬스터 웨이브는 쉽게 마무리할 수 있을 것이다.

기존 전력을 보강해도 되고 후방에서 날뛰어도 된다. 기동
시간에 제한이 있기는 하지만 그 정도면 전황의 변화는 물론
사상자의 숫자가 획기적으로 줄어들 정도로 엄청난 전력이
었다.

"온 훈경, 내 따로 할 말이 있소."

그렇게 말하는 시장의 얼굴이 터질 것처럼 붉게 상기되어
있었다.

따로 자리를 마련한 시장은 혼자가 아니었다. 정보부장,
재무부장, 전사부장, 타이탄 전사단장인 홈베르까지 동석하
고 있었다.

"새벽부터 온 경을 기다리고 있었소. 혹시 타이탄을 가지
고 왔소?"

시장은 상황이 상황인지라 타이탄이 궁금한 모양이다.

"그렇습니다."

"그럼 그건 얘기가 끝나는 대로 인수하도록 하겠소. 그리고 그대가 언급한 귀 시티의 타이탄 전사단을 움직이려면 우리가 어떻게 하면 되겠소?"

기대했던 얘기가 나왔다.

"우리의 경험을 토대로 생각하면 주술사가 포함된 오우거들을 처리하는 과정에서 상당한 타이탄 전력의 손실이 발생합니다. 아까는 인도적인 차원에서 잠깐 고려를 해 봤던 것에 불과합니다. 말씀드렸다시피 그들은 다른 임무를 받고 출동된 것이라서 아무리 제가 단장이라고 해도 함부로 위험한 전장에 투입할 수가 없습니다."

"마정석보다 효율이 더 뛰어난 상급 마나석 1천 개와 중급 마나석 1만 개, 후판 1천 톤!"

"마나석이라고요?"

"그렇소. 그대에게는 밝힐 수밖에 없는 우리 시티의 비밀이지만 금광과 은광을 채굴하는 과정에서 나온 마나석이오. 뭐 지금은 거의 나오지 않지만."

마나석이라면 마정석보다 마나의 순도가 높아서 효율이 뛰어난 것은 사실이다. 마정석과 비교하면 재충전 시간도 짧고 반복적인 충전에 따른 품질의 저하도 크지 않다.

'그래! 마나석이 있었구나!'

사실 타이탄의 구동원이 상급 마정석이라서 어지간한 시

티에서는 타이탄을 보유하고 있다고 해도 제대로 운용할 수 없다고 생각했는데 대체할 수 있는 마나석이 존재한다면 말이 된다.

"좋습니다!"

굳이 밀고 당길 필요가 없었다.

"하하하! 역시 호탕하군. 오랫동안 비밀리에 축적해 온 마나석의 출혈은 크지만 성공만 한다면 버서커나 인사니아 주술로 인한 전투력 강화 현상이 벌어지지 않을 테니 의뢰를 하지 않을 수 없지."

"안 그래도 마정석이 부족해서 최근 발견한 트롤 서식지를 돌면서 사냥을 할 생각이었습니다."

"그랬군. 우리처럼 마나석이 나오는 광산을 가진 것이 아니라면 어쩔 수 없는 일이지."

릴센만 해도 금광과 은광에서 상급 마나석이 나오지 않았을 때는 주기적으로 트롤 사냥을 해 왔다. 포션의 필수적인 재료이기도 했지만 상급 마정석을 확보하려면 단독 생활을 선호하는 오우거보다는 가족 단위로 생활하는 트롤이 더 나았다.

오우거와 달리 트롤들은 공략법만 확실하면 알파급 타이탄을 이용해서 사냥할 수 있었다.

의뢰 얘기가 마무리되자 가온은 바로 아공간 아이템에서 타이탄을 꺼냈다.

아니테라에서 생산된 타이탄 5기를 직접 기동해 본 시티 수뇌부는 크게 만족했다. 자신들이 보유하고 있는 동일 기종보다 훨씬 높은 제원을 가지고 있었다.

직접 시승을 해 본 헤겐 시장은 미리 준비했던 대금을 지급하는 한편 후판을 제외한 마나석을 함께 주었다. 이젠 신뢰한다는 증거였다.

"웨이브를 막다가 스러져 갈 많은 생명들을 위해서 부디 오우거 주술사를 격살해 주기 바라오."

"최선을 다하겠습니다."

그들과 헤어진 가온은 곧장 내성과 외성을 차례로 빠져나갔다.

은신 상태로 성 밖으로 나간 가온은 몇 시간도 되지 않았는데 배는 많아진 것 같은 마수와 몬스터 들을 보고 충격을 받았다.

'이놈들이 광기에 빠져 지칠 때까지 맹목적으로 성을 공격하는 것은 오우거 주술사의 인사니아 주술 때문이라고 하지만 여기까지 오게 만드는 이유는 대체 뭘까?'

뭐 궁금하다고 누가 대답해 줄 리는 없었다.

그런 생각을 하면서 투명날개를 장착한 가온은 순식간에 오우거들이 발견되었다는 장소로 날아갔다.

'저기군! 그런데 정찰 결과보다 20마리가 더 많군.'

체고가 10여 미터에 이르는 오우거가 70여 마리나 되다 보니 놈들이 지나는 곳에는 새로운 길이 나고 있었는데 육중한 체중으로 인해서 단단하지 않은 땅의 경우 요동치는 것처럼 출렁였다.

그런데 자세히 보니 놈들의 중앙에 키가 다소 작은 개체가 하나 있었다.

바로 위에서는 용모를 알아보기가 힘들어서 약간 뒤로 빠져서 살펴보니 주름살은 물론이고 피부가 흘러내릴 정도로 늙은 오우거였는데 복장이 아주 특이했다.

'오우거가 보석을 좋아하던가?'

놈은 긴 털로 사타구니의 물건만을 가린 다른 놈들과 달리 옷이라고 할 만한 것을 걸치고 있었다. 트로트 가수들이 행사용으로 많이 입는 반짝이가 박힌 옷처럼 주먹 크기의 굵은 보석들을 촘촘하게 박혀 있는 가죽이 바로 그것이었다.

'명색이 주술사라고 알몸은 부끄럽다는 거냐?'

가온이 그런 생각을 하고 있을 때 마침 그의 감각과 공유했던 벼리가 의념을 보내왔다.

―오빠, 저놈 대체 뭐예요?

'오우거 주술사란다. 놈이 인사니아라고 부르는 대단위 광기 주술을 펼쳐서 한 곳으로 몰려든 마수와 몬스터를 광기에 빠지게 만든다고 해.'

―하아! 저 정도의 양이면 주술의 범위가 엄청나겠네요.

'무슨 양?'

—저 가죽 천에 빼곡하게 박혀 있는 것들은 등급 외에 해당하는 마정석이에요. 그런데 담고 있는 마나의 속성이 굉장히 불길하네요. 마나의 상태도 불안정하고요.

'……저게 다 등급 외 마정석이라고?'

믿기지가 않았다. 다른 놈들보다 체구가 조금 작다고는 해도 체고가 8미터 이상이라는 점과 마정석이 빼곡하게 박힌 가죽의 크기를 고려하면 등급 외 마정석의 숫자가 얼마나 많은지 짐작할 수 있었다.

'하아! 대체 어떤 주술이기에 그렇게 많은 마수와 몬스터를 광기에 빠지게 만들 수 있는지 의아했는데 이젠 알겠네.'

오우거 주술사들은 대략 1천 개는 될 것 같은 등급 외 마정석들을 이용해서 대단위 주술을 펼쳤던 것이다.

'저런 주술사라면 직접 상대하는 건 위험해.'

마법이라면 몰라도 주술은 잘 알지 못한다. 그건 벼리도 마찬가지였다.

그러니 놈을 죽이는 방법은 정해져 있었다.

'압사시켜 주마!'

얼마나 오래 살았는지는 알 수 없지만 엄청난 능력을 가진 만큼 놈이니 자신의 머리로 떨어져 내리는 바위를 감지할 수 있으니 바로는 할 수가 없었다.

가온은 놈들의 진로 앞쪽으로 날아가서 아니테라에서 이

미 대기하고 있던 타이탄 라이더들을 일제히 소환했다.

소환된 라이더의 숫자는 무려 300명. 베타급 타이탄 라이더들은 모두 나왔다.

그동안 훈련한 덕분에 그들이 타이탄을 소환하고 탑승을 한 후 동화 과정까지 마칠 때까지 불과 30초도 걸리지 않았다.

베타급 타이탄들은 단독으로, 알파급 타이탄들은 여섯 명이 한 마리를 맡으라고 지시를 내린 가온은 다시 하늘로 날아올랐다.

얼마 후 자신들을 기다리는 수백 기의 타이탄을 발견한 오우거 무리는 잔뜩 흥분했지만 섣불리 움직이지는 않았다. 인간은 물론 유난히 쇠 냄새에 민감한 놈들이 타이탄이 포위할 때까지 기다린다는 것은 오우거 주술사가 놈들을 제어하고 있다는 사실을 알려 주고 있었다.

얼마 후 타이탄들은 낮은 경사지와 평탄한 땅에 걸쳐 놈들을 완전히 포위했다.

넓게 포위를 해서 그런지 주술사 주위에는 10여 마리만 남고 나머지는 일제히 타이탄을 향해서 강렬한 투기를 방출했지만 아직 움직이지는 않았다.

—주술을 쓰려는 것 같아!

지켜보라고 부탁해 놓았던 카오스가 주술사의 입술이 움직이는 것을 보고 알려 주었다.

'옳거니!'

놈의 주의력이 타이탄과 오우거 들에게 사용할 주술에 쏠려 있는 지금이 바위를 떨어뜨릴 절호의 기회였다.

순식간에 하늘 높이 올라간 가온은 아공간에서 거대한 바위를 꺼냈다. 오크를 사냥할 때 썼던 바위라서 아직 피가 마르지도 않았다.

가온은 중력과 낙하 가속도에 더해 자신의 힘과 염력까지 써서 놈의 바로 머리 위로 떨어뜨렸다.

슈악!

파공성을 들은 오우거 주술사가 머리 위로 바위가 떨어지는 것을 인지하고 황급히 주술을 펼치려고 했을 때는 이미 늦었다. 네 가지 힘이 적용된 바위의 속도는 대충 잡아도 마하 단위였으니 말이다.

꽈앙!

거대한 바위가 땅속에 깊이 박히며 대량의 흙먼지가 높이 솟았다.

방금 전까지 주술사를 둘러싸고 있는 오우거들이 놀란 눈으로 땅속 깊이 박힌 바위를 망연자실 쳐다보자 바위와 땅의 경계로 피가 흘러나오기 시작했다.

쿠아아아아!

이제야 주술사가 하늘에서 떨어진 바위에 깔려 죽었다는 것을 깨달은 오우거들이 일제히 분노에 가득한 피어를 내질

렀지만 타이탄 라이더들은 아무런 영향도 받지 않았다. 오히려 놈들을 향해 달리기 시작했다.

양측이 부딪힌 것은 순식간이었다.

타이탄 라이더들은 처음부터 마나를 최대로 끌어 올려 증폭시켰다. 그 결과 타이탄들이 쥐고 있는 거대한 검에서도 오러 블레이드나 검기의 상위인 오러 스레드가 솟아 나왔고 분노한 오우거들의 오러 네일을 감당할 수 있었다.

꽈앙! 꽝! 꽈앙! 꽝!

오러 블레이드와 오러 스레드가 오러 네일이 부딪힐 때마다 대기를 갈가리 찢어 버리는 것 같은 강렬한 폭발음이 발생했고 듬성듬성 자라고 있었던 거목들이 허무하게 부러지고 산산이 조각나 버렸다.

베타급 타이탄은 절대 우세였고 여섯 명이 1마리를 상대하는 알파급 타이탄들은 약간 우세했다.

가온은 하늘에서 전황을 지켜보면서 위험한 상황이 생길 때만 마나탄을 날렸기 때문에 시간이 갈수록 타이탄들에게 유리한 상황이 되었다.

결국 시르네아의 타이탄이 거목의 밑동처럼 굵은 오우거의 머리통 깊숙이 대검을 찔러 넣는 것을 시작으로 베타급 타이탄들이 오우거를 1마리씩 죽여 버렸고 싸운 지 5분이 넘자 여섯 명이 1마리를 상대하던 알파급 타이탄들도 오우거들을 죽이는 데 성공하기 시작했다.

결국 싸움이 시작된 지 채 10분도 되지 않아서 모든 오우거가 목이 잘리거나 심장이 터져 죽고 말았다.

오우거들이 다 정리되자 타이탄 라이더들은 전장에 착륙해서 모습을 드러내고 전장의 산책을 하는 가온을 보고 타이탄에서 나왔다.

"허억! 헉!"

"흐흡! 흐읍!"

베타급 타이탄 라이더들은 비교적 상태가 양호했지만 알파급 타이탄 라이더들은 온몸이 땀에 푹 젖은 얼굴로 바닥에 털썩 주저앉아서 거칠게 숨을 내쉬었는데 얼굴은 너무나 밝았다.

땅속에 깊이 박힌 거대한 바위를 염력으로 뽑아낸 가온은 다시 아공간으로 집어넣었다. 피가 묻어 있는 것이 조금 걸렸지만 그렇다고 닦을 생각은 전혀 없었다.

그렇게 바위를 뽑아내자 깊이만 무려 5미터에 달하는 깊고 큰 구덩이의 바닥이 보였는데 당연히 예상했던 흙이 아니라 가죽이 있었다.

'아!'

생각해 보니 오우거 주술사가 걸치고 있었던 가죽이었다.

가죽의 중앙에는 몇 조각으로 부서진 오우거의 두개골이 있었는데 놈의 전신이 무지막지한 힘이 실려 있는 바위에 전신의 뼈가 잘게 부서지고 살이 짓이겨져서 이런 그림이 만들어진 것이다.

가온은 염력으로 거대한 크기의 가죽을 들어 올렸는데 가까이 올수록 심상치 않은 기운을 느낄 수 있었다.

–세상에! 엄청난 마기예요!

벼리에게 연락이라도 받았는지 모둔이 정령체로 현신했는데 경악한 얼굴로 탄성을 질렀다.

'이게 마기라고?'

가죽을 따라 올라오는 오우거 주술사의 기운을 파워 드레인 스킬로 흡수하면서 물었다. 오우거의 사기를 제외하고는 느껴지는 것이 없었기 때문이다.

–네, 온 랑. 너무 순수하고 농밀해서 오히려 마기가 느껴지지 않을 정도예요! 게다가 에너지는 본래 자연 상태에서는 대기로 흩어지는 데 반해서 이 마기는 오히려 응축이 되고 있어요.

'정말 그렇다고? 이 녀석이 방출하는 사기는 평범한 수준인데.'

파워 드레인 스킬로 흡수하고 있는 오우거 주술사의 사기는 앞서 흡수한 오우거들의 그것에 비해 그다지 많지 않았기에 의아했다.

-그게 아니에요. 마기는 저 가죽에서 느껴져요.

주술사의 사기가 아니라 등급 외 마정석들을 빼곡하게 박아서 고정한 가죽 이야기였다.

가온은 여전히 파워 드레인 스킬을 펼치고 있는 상태에서 주술사 오우거가 걸치고 있었던, 이젠 대신 놈의 피로 흠뻑 젖은 가죽을 손에 쥐었다.

"우와!"

손에 쥔 순간 모둔이 왜 경악했는지 알 것 같았다. 서늘한 기운이 손을 통해서 들어오더니 순식간에 전신을 가득 채운 것이다.

이런 충만감이라니. 이건 이 기운이 스킬의 흡수력을 심하게 초과해서 체내로 들어왔다는 사실을 의미했기에 믿기가 힘들었다.

'대체 이게 무슨 기운이지?'

체내를 가득 채운 기운은 흥분한 감정을 차분하게 가라앉히고 일련의 과정에서 달아오른 피를 식혀 주는 것 같았다.

-마기라니까요.

'이게 마기라고?'

이전에도 마기라고 부르는 에너지를 다룬 적이 있지만 그것과는 달랐다. 그가 기억하기로 마기는 이렇게 서늘한 느낌이 있기는 했지만 청량하지 않았다.

청량한 것이 아니라 끈적끈적한 감각에 투기를 자극해서

몸을 뜨겁게 자극하고 감정을 한계 이상으로 높여 주는 것이 마기라고 알고 있었던 가온은 순간 혼란에 빠지고 말았다.

－저도 놀랄 정도로 굉장히 순수하고 농밀한 마기예요.

'대체 이 마기들이 어디에서?'

마정석들을 살펴봤지만 아니었다. 등급을 초월한 마정석답게 엄청난 양의 마나를 품고 있었지만 마기는 느껴지지 않았다.

얼마 후 가죽을 살피던 가온의 눈이 커졌다. 마기의 근원이 가죽 자체였던 것이다.

'이게 대체 뭐지?'

거대한 가죽의 두께는 대략 5센티미터였고 촘촘하게 박혀 있는 마정석들로 인해서 명확하게 드러나는 부분은 마정석들의 사이와 끝부분밖에 없었는데 질감이 아주 부드럽고 따듯했다.

모둔도 그것까지는 알지 못하는지 가온처럼 신기한 얼굴로 가죽을 이리저리 살펴볼 뿐이었다.

－어! 온 랑, 여길 봐요!

정령체인 모둔이 다급하게 그를 부르는 곳을 보니 다른 마정석들과 확연하게 다른 보석이 있었다.

'이건 차원석?'

얼핏 보면 등급 외 마정석과 비슷하게 생겼지만 방출하는 에너지의 파장으로 보아 차원석이 틀림없었다.

—맞아요. 대략 여섯 개당 하나 꼴로 차원석이 박혀 있어요.

차원석은 오망성을 형성하고 있는 마정석으로 둘러싸여 있었다.

'대체 차원석들이 왜?'

차원석이 왜 이 가죽에 박혀 있는지 도무지 이해할 수 없었다.

—온 랑, 이거 제가 가지고 있을게요. 아무래도 가죽 자체나 박혀 있는 위치 때문에 마정석과 차원석의 에너지를 마기로 바꾸는 것 같은데 제가 한번 연구해 보고 싶어요.

모둔이 마정석을 적출한 후 그를 향해 다가오고 있는 라이더들의 기척을 알아채고 그렇게 부다.

'알았어.'

모둔이라면 시간은 좀 걸리겠지만 이 가죽의 정체를 확실하게 밝혀낼 것이다.

모둔이 가죽을 챙겨 아니테라로 돌아간 후 다시 바닥을 살펴보니 몇 개의 물건이 있었다. 오우거 주술사가 사용한 것으로 보이는 대형 완드와 가죽 부대였다.

거대한 완드 곳곳에는 수정을 포함해서 50여 개의 보석이 박혀 있었는데 마력을 증폭시키는 마법 지팡이의 오브 역할을 하는 것 같아서 챙겼다. 물론 너무 커서 평소에는 사용할 수 있는 물건은 아니었다.

얼마나 오래되었는지 겉이 얼룩덜룩한 커다란 가죽 부대 안을 살펴본 가온은 환한 미소를 지었다.

'역시!'

안에는 족히 1천 개는 될 것 같은 등급 외와 상급 마정석이 가득했다.

주술과 마정석과의 관계는 알 수 없지만 아무래 주술사는 마법사와 비슷하니 마정석을 필요로 하는 것 같았다.

"타이탄으로 오우거를 상대해 보니 어땠나?"

"본신으로도 충분히 상대할 수 있었지만 타이탄을 탄 상태라서 훨씬 더 빨리, 그리고 쉽게 처리할 수 있었어요!"

시르네아가 모두를 대표해서 대답했다.

"앞으로 몇 곳이 더 남았는데 더 할 생각이 있나?"

"당연하죠! 이걸로는 기별도 안 간다고요!"

한껏 흥분한 나가가 붉어진 얼굴로 뜨거운 콧김을 뿜어내며 외쳤다.

"좋아. 하지만 지금은 흥분으로 인해 심신이 잔뜩 고양된 상태이니 일단 휴식을 하도록 해. 전사장들은 타이탄의 마정석부터 갈아 끼우고."

아니테라의 타이탄 전사단에는 아직 정비조가 없다. 그러니 마정석 교체부터 시작해서 기체의 청소와 수리까지 모두 알아서 해야 하는데 아무도 불만이 없었다. 마치 분신처럼 소중하게 다루고 있었다.

라이더들은 가온이 말한 대로 휴식을 취했다. 물론 그냥 쉬는 것이 아니라 피로회복은 물론 가벼운 치료 효과가 있는 비약을 마신 후 명상을 하고 이어 마나 연공에 들어간 것이다.

그렇게 라이더들이 휴식을 취하는 사이에 카오스와 녹스 그리고, 카우마는 멀리 정찰을 나갔다. 그리고 얼마 후 가온이 기다렸던 정보들이 실시간으로 전해졌다.

'아쉽네.'

트롤은 그나마 꽤 많은 숫자가 무리를 이루었지만 오우거들은 기껏해야 5마리가 고작이었다. 라이더들을 이번처럼 대규모로 보낼 수가 없었다.

'할 수 없지.'

라이더들을 안전하게 쉴 수 있는 아니테라로 보내지 않은 이유가 있었다. 이곳에서 한계까지 몰아붙이고 싶었다. 물론 휴식은 줄 것이다.

역시 베타급 타이탄 라이더들이 가장 먼저 상태가 회복되었다.

"트롤 3마리인데 누가 갈래?"

"저요!"

마나 연공을 끝낸 라이더들이 일제히 손을 들었다.

가온은 그중 세 명을 뽑았다. 라이더 중에서는 비교적 늦게 타이탄을 지급받은 이들이었다.

"멀찍이 공간 이동을 시켜 줄 테니까 알아서 하도록 해. 처리를 마치면 이곳으로 다시 데리고 올 테니까 기다리고 있으면 되고."

바로 대기하고 있는 마누로 하여금 공간 이동을 부탁했다.

"오우거 5마리!"

"제가 갈게요! 오우거는 절대 양보할 수 없지!"

"트롤 12마리!"

"저요! 트롤이라면 2마리도 상대할 수 있어요!"

"아서! 안전한 게 최고야. 지금은 실전 경험을 쌓는 것이지 사냥 대회에 참석한 게 아니라고."

"워베어 4마리!"

"……."

"아무도 없으면 내가 정한다!"

가온은 들어오는 정보에 맞게 라이더들을 선발해서 마누를 통해 공간 이동을 시켰다.

'하아! 이거 내가 날뛸 기회 자체가 없네.'

사냥감이 소규모로 무리를 지었으니 어쩔 수 없었다.

결국 라이더들은 4시간에 걸쳐서 많게는 다섯 번, 적게는 네 번씩 파견을 나갔다가 돌아왔는데 지치기는 했지만 정령들이 전해 준 바에 따르면 갈수록 기량이 높아지고 있다고 했다.

그들이 타이탄을 타고 처리한 마수와 몬스터의 상태도 정령들이 확인했다. 대부분은 투기를 발산하며 저돌적으로 공격을 했지만 일부는 두려움에 도망을 치려고 시도한 것으로 보아서 광기에 빠진 상태는 아닌 것 같았다.

'다음에는 제대로 된 몬스터 웨이브를 경험해 봐야겠다.'

이번에 라이더들이 타이탄으로 사냥한 마수와 몬스터는 샤벨타이거와 워베어, 스밀로돈, 트롤, 오우거 등으로 챙긴 상급 마정석만 무려 700개가 넘었다. 물론 마정석이 적출된 사체는 모두 정령들이 챙겼다.

'던전은 내 성장의 발판으로 삼고 몬스터 웨이브는 라이더들의 실력 향상과 필요한 마정석을 챙기는 기회로 활용해야겠다.'

위험한 대형 마수와 몬스터 대부분을 사냥했으니 자신이 이번에 릴센 시티에 찾아온 몬스터 웨이브에서 할 일은 끝났다.

그래도 아직 성을 에워싸고 있을 마수와 몬스터가 엄청날 테니 마무리는 도와줘야만 할 것이다.

은신한 상태로 성에 접근한 가온은 뜻밖에 상황에 당황했다.

'그 많던 마수와 몬스터 무리는 다 어디에 간 거지?'

성 주위에는 수많은 마수와 몬스터의 사체들이 널려 있었지만 원래 있었던 숫자보다 현저히 적었다. 전사와 병사 그리고 용병 들은 마정석을 적출하고 가죽을 벗기느라 정신이 없었다.

자신이 빠져나온 북문 근처에서 스킬을 해제한 가온이 모습을 드러냈다. 그곳에 알펜 출신의 타이탄 라이더들이 있었다.

"온 경!"

타이탄을 기동한 후유증에 성벽 가까이에서 쉬고 있던 로랑부터 시작해서 샘슨과 알폰소 그리고 아이린이 그를 향해 달려왔다.

"끝난 겁니까?"

"네. 오우거 주술사를 온 경께서 처리해 주신 덕분에 몬스터 웨이브가 아주 빨리 끝났어요!"

어떻게 된 일인지 이들도 가온이 한 일을 알고 있었다.

"상황이 어땠습니까?"

"이제까지 겪은 몬스터 웨이브 중에서 가장 약한 수준이었소. 반나절은커녕 3시간도 유지되지 않았으니까."

"3시간 말입니까?"

가온은 로랑의 말을 이해할 수 없었다.

"그렇소. 게다가 추가로 모여든 놈들도 그리 많지 않았고 결집도나 기세도 약하더라고. 트롤이나 오우거와 같은 대형 몬스터들도 불과 몇 마리밖에 안 나타났고. 우리도 각기 트롤 1마리씩밖에 상대하지 못했을 정도로 적었소."

"안 그래도 이상하다 싶었는데 전사들이 알려 주더라고요. 온 훈 경께서 아니테라의 타이탄 전사단을 이끌고 몬스터 웨이브의 키를 쥐고 있는 오우거 주술사가 포함된 대규모 무리를 처리하러 갔다고요."

"마수와 몬스터 들을 광분하게 만드는 대단위 주술을 펼치는 주술사를 호위하는 오우거가 무려 50마리가 넘는다고 들었는데 참으로 대단합니다!"

"아니테라의 타이탄 전사단을 모조리 동원했다고 들었습니다. 덕분에 수성이 아니라 공세로 몬스터 웨이브를 정리하는 경험도 해 보네요."

이 정도 정보는 비밀로 유지하는 것이 정상일 텐데 어떻게 이렇게 널리 알려졌는지 모르겠다.

'아!'

알 것도 같았다. 다른 때와 확연하게 다른 상황에 가온이 성공했음을 알게 된 릴센의 수뇌부는 수성이 아니라 공세를 택했고 사기 진작을 위해서 별동대 격인 아니테라의 타이탄 전사단의 임무를 널리 퍼트린 것이 틀림없었다.

"사상자는 어떻습니까?"

"우리 북문 쪽만 100여 명 정도인데 그중 사망자는 겨우 20여 명 정도밖에 안 된다고 들었소."

부상자야 포션과 사제의 치료 마법으로 대부분 치료가 것이니 성 밖에 널려 있는 마수와 몬스터의 사체들과 비교하면 엄청난 대승을 거둔 것이다.

네 성문이 비슷한 상황이라면 릴센은 정말 대승을 거둔 것이다. 몬스터 웨이브가 발생하면 성의 규모나 전력에 따라서 좀 다르지만 보통 천 단위의 사상자가 생기기 때문이다.

'다행이네.'

아니테라의 타이탄 전사들을 동원한 보람이 있었다.

팔탄 시티로

　가온이 알펜의 용병 수뇌부와 한담을 나누는 동안 소식이
전해졌는지 시장을 위시한 릴센의 수뇌부가 자욱한 흙먼지
를 일으키며 달려왔다.

　릴센 측에서는 몬스터 웨이브의 정도가 낮은 것을 통해 가
온이 의뢰를 완수했음을 이미 확인했기에 굳이 증거를 요구
하지 않았지만 가온은 부서진 오우거 주술사의 머리통을 내
놓았다.

　"정말 수고했소! 경 덕분에 본 시티의 피해가 아주 미미했
소."

　이번 몬스터 웨이브를 큰 피해 없이 마무리한 것에 잔뜩
고무된 시장이 벌겋게 달아오른 가온의 손을 꽉 붙잡고 한동

안 놓아주지 않았다.

"내가 직접 타이탄을 타고 트롤을 상대해 보니 아니테라산이 얼마나 강력한지 확실하게 알겠더군. 베타급이 아님에도 트롤을 아주 쉽게 사냥할 수 있었소."

시장 본인이 익스퍼트 상급의 실력을 가지고 있으니 알파급 타이탄을 타고도 제대로 된 오러 블레이드를 구현할 수 있었을 것이다. 그러니 이렇게 흥분한 것도 이해가 되지 않는 건 아니다.

"부디 경매도 잘 부탁하오."

"타이탄 생산 라인이 밤낮으로 가동되고 있는 것을 확인하고 왔으니 그 점은 걱정하지 않으셔도 될 겁니다."

"이제 타이탄이 어느 정도 늘어나면 본격적으로 성 밖을 개척해야겠소. 하하하! 이런 날이 올 줄이야!"

시장의 기분은 하늘 끝까지 올라가 있었다.

"온 훈 경, 고생하셨소."

시장의 바로 옆에 있던 홈베르 타이탄 전사단장이 이제야 인사를 해 왔다.

"타이탄 전력을 상하지 않았습니까?"

"숫자에서 밀리지 않으니 상할 일이 없지요. 반파된 알파급이 3기가 나왔지만 트롤 32마리와 오우거 16마리를 사냥하고 그 정도 피해면 없는 것이나 마찬가지입니다. 그래서 말인데 베타급으로 2기 정도만 더 팔아 주시면 안 되겠습니까?"

"베타급을요?"

"네. 성주님도 그렇지만 라이더 중에서 네 명은 제대된 베타급만 있으면 오러 블레이드를 제대로 사용할 수 있습니다. 그렇게 되면 본 시티의 전력이 대폭 증강되어 시장님과 시민들의 염원인 영역 확장에 큰 도움이 될 것 같습니다."

가온은 훔베르의 말을 통해 몇 가지 사실을 알 수 있었다.

'기존 베타급 타이탄은 라이더가 익스퍼트 상급이라고 할지라도 오러 블레이드를 제대로 구현할 수 없다는 거군. 그리고 그 정도는 되어야 오우거를 단독으로 처리할 수 있고.'

가온이 바로 거절을 하지 않고 고심하는 눈치를 보이자 훔베르와 시장 등 몇 명이 눈빛을 교환했고 결국 시장이 고개를 끄덕였다.

"1기당 200만 골드, 혹은 그에 갈음하는 마나석으로 값을 치르겠습니다!"

"거기에 향후 3년 동안 본 시티에서 생산되는 후판은 시중가의 3분의 1에 넘기도록 하겠소."

훔베르에 이어 시장의 입에서 파격적인 제안이 나왔다.

릴센의 입장에서는 아니테라에서만 생산할 수 있고 기존 타이탄보다 훨씬 더 강력한 전투력을 보유한 타이탄을 확보할 수 있는 기회였다.

아직 타 본 것은 아니지만 알파급 타이탄의 놀라운 전투력만으로도 아니테라의 베타급 타이탄의 전력은 충분히 짐작할 수 있었다.

　가온은 내심 혹했지만 일단 결정을 보류하기로 했다.

　"이건 내가 결정할 수 없는 일이군요. 베타급은 반출 대상
이 아니어서 말입니다. 시장님과 시티 원로들은 물론 기존
라이더들의 양보를 받아야 합니다."

　"당연히 그러시겠지요. 이해합니다. 하지만 다음에는 온
훈 경이 없는 상태에서 제대로 된 몬스터 웨이브를 겪어야
할 저희 시티의 상황을 좀 생각해 주십시오."

　"나도 부탁하겠네. 온 훈 경이 언제까지나 우리 시티에서
지낼 것도 아니니 우리 시티로서는 지금이 타이탄 전력을 강
화할 수 있는 절호의 기회라고 생각되어 재정 압박을 우려할
수밖에 없으면서도 파격적인 조건을 제안한 것이네."

　"알겠습니다. 시장님과 원로회의에 적극적으로 의견을 개
진하겠습니다."

　가온의 대답에 시티 수뇌부의 안색이 확연하게 밝아졌다.

　"자, 아직 승전 만찬까지는 아니지만 식사가 준비되었다
고 하니 함께 가세! 거기, 타이탄 라이더들! 우리 라이더들도
참석하는 자리이니 자네들도 함께 가지!"

　시장의 제안에 로랑을 비롯한 라이더들이 소리 없이 환호
했다. 알펜의 용병 업계에서는 알아주는 그들이지만 시장과
함께 식사를 한 경험은 없었다.

먼저 우번 남작의 안내를 받아서 타이탄 공방의 창고 안에 보관되고 있는 후판 1천 톤을 이번 의뢰에 대한 잔금으로 받은 가온은 시청으로 향했다.

용도를 알 수 없는 거대한 실내 공간 안에는 30미터 길이의 테이블이 다섯 줄이나 이어져 있었고 그 위에는 수많은 음식들이 놓여 있었다.

'하아. 이게 만찬이 아니면 뭐지?'

의자들도 충분하게 거리를 두고 있어 참석자가 그렇게까지 많지 않다는 건 충분히 짐작할 수 있었는데 그에 반해 음식의 종류는 너무 많았다.

가온은 앞쪽에 따로 마련된 테이블에 시장을 비롯한 시티 수뇌부와 함께 앉았다.

차례로 들어오는 이들은 대부분 아직 방어구조차 벗지 못한 전사들이었다. 다들 어느 정도 나이가 있었고 풍기는 기세로 보아서 전사장들로 보였는데 그중 일부는 아주 강렬한 기파를 방출하고 있었다.

일부러 그러는 것이 아니라 아직 전투로 인한 흥분이 가라앉지 않아서 기파 조절이 안 되는 것이기에 아무도 신경을 쓰지 않았다.

참석자 중에는 타보를 비롯해서 전형적인 용병으로 보이는 이들이 10여 명이 있었는데 알펜 시티 출신의 타이탄 라이더들도 함께하고 있었다.

식사에 앞서 시장의 승전 선언이 있었고 이어서 전사부장이 피해 상황과 전황 보고를 마치자 환호성이 일제히 터져 나왔다.

그렇게 시작된 식사는 처음에는 별다른 대화 없이 먹는 모습만 보였지만 얼마 지나지 않아서 왁자지껄한 분위기에서 이루어졌다. 승전을 거두었다고 해도 피해가 극심할 경우 자신의 활약을 마음 놓고 자랑할 수 없는데 이번만큼은 마음껏 자랑해도 되었기 때문이다.

그런 분위기는 시장이 있는 테이블도 예외는 아니다. 다들 이번 승전에 대한 기쁨을 숨기지 못했다.

말없이 식사를 하면서 대화를 듣던 가온은 몬스터 웨이브가 아주 오래전부터 3년에서 5년을 주기로 반복되어 왔으며 그것 때문에 시티들이 쉽게 성장하지 못했다는 사실을 알 수 있었다.

한번 웨이브가 발생하면 전사와 병사의 4분의 1 정도는 막대한 피해를 입는다니 애써 전사와 병사를 양성해도 전력 증강으로 이어지지 않은 것이다.

그러니 성 밖으로 진출을 하고 싶어도 그럴 수가 없었다. 매년 수확량이 거의 정해져 있는 식량 문제로 인해서 인구 또한 늘어나지 않았을 것이니 시티의 규모는 쉽게 커지지 않았을 것이다.

그렇기 때문에 예전과 달리 거의 피해를 입지 않은 이번 상황은 굉장히 희귀한 사례였으며 한동안 마음 놓고 전력을 증강시킬 수 있는 절호의 기회였다.

'가장 효과적인 전력 증강이 바로 타이탄을 추가로 구입하는 것이고.'

사실 외성 주위의 땅만 제대로 개발해도 릴센 시티는 지금보다 몇 배로 성장할 수 있다.

광대한 면적이기는 하지만 주위 산에서 내려오는 길목에 목책을 설치하고 타이탄을 포함한 전력이 지키고 있으면 농지로 개발하는 것은 어렵지 않다. 지금도 외성과 가까운 지역은 농지로 사용하고 있으니 말이다.

"그런데 온 훈 경."

적당히 배를 채우고 냅킨으로 입을 닦자 먼저 식사를 끝내고 와인을 마시던 시장이 상남자답지 않은 은근한 표정을 지으며 그를 불렀다.

"말씀하십시오."

"이번에 경매에 내놓겠다는 타이탄 말일세."

"네."

"정말 우리 시티 측이 넘기지 않겠나? 가격은 충분히 지불하겠네."

"용병들이 미덥지 않으신가 봅니다."

"사실 그렇다네. 용병이 타이탄을 소유하게 되면 만약의 경우 제멋대로 다른 시티로 가 버릴 수도 있지 않은가."

릴센의 시장은 알펜의 시장과 달리 충성심을 담보할 수 없다는 이유에서가 아니라 현실적인 문제로 용병이 타이탄을 소유하는 것을 꺼리는 것이다.

"제 생각은 좀 다릅니다."

"말해 보게."

"충성심을 어느 정도 담보할 수 있는 전사 위주로 타이탄 전력을 증강하는 것도 나쁘지 않지만 그건 시티의 안전을 위한 전력이라고 할 수 있습니다."

"그렇지."

"반면 용병 전력이 증강되면 부피는 크고 단가가 낮기 때문에 텔레포트 진을 활용할 수 없는 다양한 생필품의 유통이 늘어날 겁니다. 상단의 활동이 활성화되면 자연스럽게 시민들의 살림살이가 나아지는 것이지요."

"흐음. 생필품의 공급이 시민들의 생활 수준을 높여 줄 수 있다는 것은 나도 아네. 하지만 이제까지도 없거나 부족한 상태에서 잘만 살아왔다고 생각하네."

"그렇지요. 하지만 그건 시티의 전력이 약할 때 얘기입니다. 외성 밖의 넓은 땅이 농경지나 목축지가 된다고 생각해 보십시오. 그곳에서 생산되는 식량이 육류가 수요를 초과할 경우에 어떻게 하실 겁니까?"

"흠. 가격이 하락해서 오히려 시민들의 삶이 좋아지지 않을까?"

"처음에는 그렇겠지요. 하지만 인력을 포함한 생산비용보다 가격이 하락하게 되면요?"

"그야……."

항상 부족했지 넘치는 경우는 겪어 보지 않아서 그런지 시장도 제대로 대답을 하지 못했다.

"거기에 각 시티 간의 거리가 워낙 멀고 위험하기 때문에 곡류와 육류의 가격은 어디나 높게 형성되어 있습니다. 생산비용을 고려하면 곡물과 육류의 판매로 인해서 얻는 수익이 철강 제품의 그것에 비해서 더 높을 수도 있습니다. 하지만 그 판매를 위해서 오랜 시간에 걸쳐서 많은 것을 들여서 키운 전사들을 동원하는 것은 안 될 말입니다. 전사들은 시티의 마지막 전력이니까요. 특히 타이탄 라이더들은 더욱요."

어느새 식사를 끝내고 곁에 있는 이들과 대화를 하던 이들도 입을 닫고 가온과 시장의 대화에 집중하고 있었는데 전사들이 하나같이 고개를 끄덕였다.

그동안 자연스럽게 생성된 일종의 선민의식이 전사가 상단을 호위하는 것은 명예롭지 못하며 전력 낭비라고 받아들이고 있는 것이다.

"통상적으로 상단의 호위를 맡은 용병들이 타이탄을 보유하게 되면 자연스럽게 상행의 규모가 커지고 릴센의 수익은 증가할 수밖에 없습니다. 자금력이 풍부한 대형 상단의 경우에는 직접 타이탄을 구입해서 활용할 수도 있고요. 저는 그

팔탄 시티로 265

런 이유로 용병들도 타이탄을 소유해서 전력을 극대화할 필요가 있다고 생각합니다."

"흐음. 다들 용병이 타이탄을 보유하면 위험하다고 경고를 해서 불안했는데 경의 말을 듣고 보니 꼭 안 된다고 고집할 일은 아니군."

"하지만 그러다가 타이탄을 보유한 용병이나 용병단이 다른 시티로 활동무대를 옮겨 버리면 어떻게 하죠?"

시장과 마주 앉은 로레인이 끼어들어 물었다.

"그건 어쩔 수 없습니다. 누구는 돈 때문에 목숨을 거는 용병이 명예를 모른다고 매도할 수 있겠지만, 사람이라면 자신을 더 잘 대해 주고 많은 돈을 벌 수 있는 기회를 놓치고 싶지 않을 테니까요. 멀리 그리고 넓게 볼 필요가 있습니다. 오히려 더 많은 용병이 이곳 릴센에 자리를 잡고 활동할 수 있도록 해 주면 결국 릴센은 그만큼 더 부유해지고 강해지게 될 겁니다."

자본주의 사상이 포함된 내용이기에 신분제가 유지되고 있어 정체되어 있는 이 사회에서 살아가던 이들이 어떻게 받아들일지는 알 수 없었다.

가온의 말에 좌중의 분위기는 차분하게 가라앉았다.

시장은 물론 시티 수뇌부들도 그 후로도 별말 없이 식사를 마쳤다.

후식을 위해서 시장실에 따로 마련한 자리.

"알펜 시티로 돌아갈 생각인가?"

시장이 조심스럽게 물었다.

"안 돌아갈 생각입니다."

"오오! 그런가."

시장이나 동석한 홈베르 등 시티 수뇌부의 얼굴이 대번에 밝아졌다.

"그럼 이곳에서 활동하는 건가?"

"아직 거기까지 정하지는 못했습니다. 일단 아흐레 후에 예정된 경매 전에 할 일이 있어서 외부로 나가야 합니다."

시간이 났으니 일전에 이페이 전사장에게 받은 던전에 대한 정보를 확인할 생각이다.

"혹시 다른 시티에도 타이탄을 판매할 계획을 가지고 있나?"

"그렇습니다."

그 부분은 굳이 숨길 필요가 없었다.

"혹시 경매를 열 시티가 정해졌나?"

"다른 시티로 향한 특사들이 있기는 한데 아직 확정된 곳은 없다고 들었습니다."

"그럼 만약 결정이 되면 우리에게 알려 줄 수 있나?"

이제야 시장의 의도가 보였다. 경매가 열리는 시티가 결정되고 그 정보를 입수하면 텔레포트 진을 이용해서 해당 시티로 건너가서 경매에 참여하려는 것이다.

"그렇게 하겠습니다."

경쟁을 해 주면 낙찰 가격이 더 올라갈 테니 가온 입장에서는 오히려 반길 일이다.

가온의 시원한 답변에 시장과 수뇌들의 얼굴이 확 밝아졌다.

"이건 내 개인적인 의견이니 참고만 하게. 이곳에서 남쪽으로 두 달 거리에 팔탄이라는 준메가시티가 있네."

팔탄이라면 말이나 도보로 가려면 이페이가 넘겨준 고대 유적으로 가기 전에 반드시 거쳐야만 하는 시티다. 물론 비행해서 날아갈 가온에게는 그럴 필요가 없지만.

"거기 시장과 개인적으로 친한 사이라서 알게 된 사실인데 팔탄은 시티 규모에 비해서 타이탄 전력이 굉장히 약하네. 팔탄의 마탑이 타이탄을 생산하는 마탑들과 사이가 극도로 안 좋은 영향이지. 그곳이라면 굉장히 높은 가격에 타이탄을 팔 수 있을 걸세."

"호의에 감사드립니다."

"원한다면 시장에게 따로 얘기를 해 두겠네."

"혹시 그쪽에서만 생산되는 특별한 물건이 있습니까?"

"팔탄은 마탑이 세 개나 되는데 수준이 아주 높네. 마법사의 숫자도 월등하게 많고. 그래서 다양한 마법 용품이 굉장히 유명하네. 근처 시티의 마탑들은 주기적으로 팔탄에 방문해서 한동안 지내면서 마법 지식을 습득하고 마도구와 마법서를 구입하네. 사실 거대 마탑들과 사이가 틀어진 것도 그곳의 마탑이 타이탄 개발에 거의 성공했기 때문이지."

그런 곳이라면 한번 들를 필요가 있을 것 같았다. 벼리도 마법에 관심이 많지만 마법서들은 새롭게 자신의 연상 마법을 정리하고 있는 아레오에게 큰 도움이 될 것이다.

'그러고 보니 아니테라의 마법사들도 한곳에 모아서 체계적으로 운용할 필요가 있겠군.'

전사들은 이미 전사단이라는 이름으로 묶여 있는 데 반해서 마법사들은 각자 따로 놀고 있다. 물론 스노족의 경우 자신들은 마법사가 아니라 결계사라고 주장하지만 가온의 눈에는 거기에서 거기다.

"나중에 한번 들르겠습니다."

"그렇다면 바로 연락을 해 두지."

"그렇게 해 주십시오. 조만간 들르겠다고요."

"알겠네. 귀빈패를 내줄 테니 경비병에게 보여 주게. 아마 그 친구는 경의 방문을 학수고대할 걸세."

그렇게 대화가 정리되나 싶었는데 아까부터 눈을 빛내고 있던 로레인이 불쑥 입을 열었다.

"생활부장으로부터 여우성도 방문하실 거라는 얘기를 들었는데, 사실인가요?"

"그렇습니다."

왜 갑자기 이 자리에서 그걸 물어보는지는 알 수 없지만 사실이니 그대로 대답했다.

여우성이 언급되자 사람들의 눈빛이 묘해졌다.

"왜 그러십니까?"

"아, 아니에요! 이왕 들르실 거라면 좋은 인연을 만났으면 좋겠다는 생각이 들어서요. 저희 시티와 여우성은 오랫동안 혈연으로 이어진 가족과 같은 사이거든요."

무슨 말인지. 아무래도 릴센 시티와 여우성 사이에는 남모르는 사연이 있는 모양인데 자신이 신경 쓸 필요는 없었다.

그렇게 티타임이 끝났다.

알펜에서 건너온 용병들의 숙소는 아주 활기찼다. 아직 낮임에도 불구하고 술주정을 하는 용병들까지 있으니 말이다.

가온은 로랑 일행을 만난 후에 움직일 생각이었기에 숙소를 방문했는데 안에서 새어 나오는 소음이 너무 시끄러워서 들어갈지 잠깐 고민했다.

"온 훈 님!"

마침 숙소 건물을 나오고 있던 아이린이 가온을 발견하고 달려왔다.

"안이 꽤 소란스럽군요."

"죽을 수도 있다고 생각했지만 엄청난 보상 때문에 이곳까지 왔는데 일이 너무 쉽게 끝났으니 저렇게 분위기가 좋을 수밖에요."

"그렇군요. 알펜에는 언제 돌아갈 생각입니까?"

"아무리 쉬웠어도 의뢰는 의뢰이니 사나흘 정도는 이곳에서 보낼 것 같아요. 아직 보상도 수령하지 못했고요."

자신의 경우에는 타이탄 라이더라는 사실이 공개되지 않은 상태에서도 1천 골드를 받기로 했지만 다른 이들의 경우는 알지 못한다. 그래도 릴센에서 300명이나 되는 인원에게 지급한 보수가 굉장한 액수라는 사실은 확실했다.

"그런데 온 경께서는 어떻게 하실 거예요?"

알펜으로 돌아갈 것인지를 묻는 것이다.

"알펜에는 더 이상 볼일이 없습니다. 시장의 그릇이 워낙 작아서 거래를 계속할 수가 없네요."

"우리 시장님의 그릇이 작아요?"

아이린은 그렇게 생각하지 않는 얼굴이다.

"내겐 그렇게밖에 안 보입니다."

가온은 그동안 자신이 곰곰이 생각한 내용을 말해 주었다. 시장의 동생이라는 작자가 보인 오만하고 무례한 태도의 배후에 시장이 있음을 확신한 것이다.

"온 경의 말씀을 듣고 보니 그게 맞는 것 같네요. 아무리 러셀의 성정이 개차반이라고 해도 시장이 구두로 약속한 내용을 그렇게 무시할 리는 없지요. 그렇게 안 봤는데 실망이네. 굉장히 온화면서도 일 처리가 시원하다고만 생각했는데,

귀족이라서 그런가 어떻게 그렇게 뒤통수를 치지?"

"뒤통수를 쳤다기보다는 간을 본 거지요. 아무튼 난 상인이 아닙니다. 명색이 한 시티를 다스리는 사람이라면 약속을 중요하게 생각해야 합니다. 그런 면에서 알펜 시장에게 실망했습니다."

물론 지금은 태도가 완전히 바뀐 릴센 시티의 시장도 마찬가지이기는 했다.

"하아. 정말 안타까운 일이네요. 경이 알펜에서 활동을 하게 되면 우리 용병들 중에서도 타이탄 라이더가 더 나올 수 있을 텐데."

"대신 이곳에서 경매를 열 겁니다, 열흘, 아니 아흐레 후에."

"정말요?"

아이린이 처음 듣는 얘기다.

"그렇습니다. 나중은 기약할 수 없지만 일단 이곳에서 경매를 열 생각입니다. 수량은 지난번처럼 10기로 이번부터는 우리 아니테라산 특수강이 아니라 이곳 릴센의 후판을 사용해서 제작하기 때문에 방어력을 포함한 기능이 하향되었습니다. 물론 그래도 기존의 타이탄에 비해서는 대략 15% 정도 높지만요."

가온의 말은 들은 아이린은 걸음까지 멈추고 뭔가 고심하는 얼굴이었다.

"무슨 생각을 그렇게 합니까?"

"아! 미안해요. 이참에 릴센을 거점으로 활동하면 어떨까 싶어서요. 지난번에 왔을 때도 느낀 것이지만 이곳은 전사들이 용병을 함부로 하는 분위기도 아니고 앞으로 의뢰가 쏟아질 것 같아서요."

역시 여자의 몸으로 용병 업계에서 인정을 받는 단장다운 판단력을 가지고 있었다.

"제 생각을 묻는 거라면 현실과 미래를 보는 혜안을 가지고 있다고 대답할 겁니다. 릴센의 시장은 본격적으로 성 밖을 개발할 생각을 하고 있다고 들었습니다."

"정말요? 하긴. 몬스터 웨이브를 통해 주위의 마수와 몬스터 들을 쓸어버렸으니 이참에 성 밖으로 진출해도 될 것 같네요. 가만! 그렇게 되면 우리 용병들이 할 일이 더 늘어날 텐데, 정말 이곳으로 거점을 옮길까? 어떻게 생각하세요?"

"그것도 나쁘지 않다고 생각합니다. 아무튼 한동안 못 보겠군요."

용병단의 거점을 이곳으로 옮긴다고 해도 꽤 시간이 소요될 테니 앞으로 한동안 만나긴 힘들 것이다.

"아니테라로 돌아가시려고요?"

"그건 아니고 다른 할 일이 있습니다."

"그렇군요. 동행해도 되는지 물어봐도 되나요?"

가온은 잠시 생각하다가 고개를 끄덕였다.

'아이린 정도면 도움이 되겠지.'

무력이야 별로 필요하지 않지만 경험도 많고 인화력도 좋은 아이린이라면 고대 유적을 찾는 데 큰 도움이 될 것이다.

"그런데 위험할 수도 있습니다."

"혹시 던전인가요?"

"그와 비슷한 겁니다. 고대 유적이라는 정보만 알고 있습니다. 게다가 대략적인 위치만 알고 있어서 주위 지리와 정보를 잘 알고 있는 사람이 필요합니다."

"호호호. 정확하게 저네요. 함께 가요!"

"단원들은 어쩌시려고요?"

아이린은 이곳에 혼자 온 것이 아니다. 익스퍼트급, 즉 실버급 용병 열 명과 함께 왔다.

"다 함께 가면 안 될까요?"

"그건 좀 곤란합니다."

비밀 유지 때문이 아니다. 비행으로 함께 갈 수 있는 인원은 넷에 불과했기 때문이다.

"그럼 단원들을 먼저 알펜으로 보낼게요."

"보수는 어떻게 할까요?"

"돈을 좀 그렇고 타이탄 1기를 따로 구입할 수 있는 권리 정도면 어떨까요? 우리 부단장도 타이탄이 필요하거든요. 실력으로는 저보다 더 높거든요."

역시 처음에 봤던 인상이 맞았다. 짧은 시간이지만 같이 움직이면서 살펴본 바로는 인성도 좋았다.

"자금에 여유가 있는 겁니까?"

"그런 건 아니지만 이런 의뢰 10여 번만 하면 그 정도는 모을 수 있을 것 같아요."

"그러고 보니 타이탄 라이더의 보수는 얼마였습니까?"

"3만 골드요. 거기에 제가 해치운 놈들이 꽤 많아서 전리품도 상당해요. 한동안 타이탄을 운용할 수 있는 중급 마정석도 확보했고요."

생각보다 높은 금액이기는 했지만 그래 봐야 상급 마정석을 구동원으로 사용하는 기존 타이탄을 기준으로 하면 세 번 기동할 상급 마정석의 가치에 불과했다.

"좋습니다. 대신 판매 가격은 이번에 릴센에서 열리는 경매의 평균 낙찰가입니다."

어차피 타이탄을 널리 보급할 생각이니 아이린에게 1기 더 팔아도 된다.

"우아아아! 정말 감사해요! 온 님을 만난 게 제 인생 최고의 행운인 것 같아요!"

진심으로 기뻤는지 아이린이 어린아이처럼 펄쩍펄쩍 뛰었다.

"대체 무슨 일인데 우리 로즈께서 이렇게 기뻐하는 거야?"

아이린의 환호성이 컸는지 숙소에서 일단의 사람들이 나왔는데 반가운 얼굴들이다.

"호호호! 그게 말이죠."

가온이 미처 말릴 틈도 없이 그들에게 달려간 아이린이 자랑을 했다.

"온 경, 아이린의 말이 사실입니까?"

샘슨이 가온에게 달려와 물었다.

"……네."

이미 들었으니 부인해 봐야 소용이 없었다.

"같은 조건으로 저도 갑니다!"

"샘슨 단장도요?"

"네! 고대 유적 탐사도 흥미롭지만 그보다는 타이탄을 제대로 활용할 수 있는 기회가 생길 것 같습니다. 그리고 사실 저희 용병단에는 저보다 실력이 더 뛰어난 친구가 있어서 꼭 타이탄을 구해 주고 싶습니다."

"저도 가고 싶습니다."

"어지간하면 나도 끼워 주시게."

알폰소와 로랑도 기대가 가득한 얼굴로 부탁을 해 왔다. 평균 낙찰가가 50만 골드라고 해도 이들에게는 엄청난 거금인데 더 구입하려는 것을 보면 이번에 받은 보수와 전리품을 통해 자금을 확보할 자신이 생긴 모양이다.

'아니테라의 라이더들과 가려고 했는데…….'

그 점은 좀 안타까웠지만 이들과 함께하는 것도 나쁘지 않았다. 마음도 잘 맞았지만 이들은 타이탄 라이더에 이 근방

예지몽으로
히든랭커

지리를 훤히 꿰뚫고 있으며 이 세상에 대한 다양한 경험을 가지고 있어서 혹시 모르는 상황에 큰 도움이 될 것이다.

결국 가온은 고개를 끄덕이고 말았다.

"대신 비밀입니다."

"호호호. 염려하지 마세요. 저와 온 경만 가게 되면 제가 실수를 할 것 같아서 일부러 기분이 취해서 실수한 척 털어놓은 것뿐이니까요."

"실수요?"

아이린의 말이 잘 이해가 가질 않았다.

"혹시 밤에 제가 덮치기라도 하면 어떻게 해요. 제가 임자는 없지만 염치는 있다고요."

"……."

"하하하!"

로랑과 알폰소 그리고 샘슨이 파안대소했다.

알펜 시티의 시장 집무실.

"릴센의 몬스터 웨이브가 끝난 것 같다고?"

"그렇기는 한데 진짜 웨이브인지 확신이 안 섭니다. 릴센 측이 수성이 아니라 공세를 취한 것도 그렇고 불과 반나절 만에 정리가 된 것도 좀 이상합니다."

시장의 물음에 정보국장이 고개를 갸웃거리며 대답했다.

"그럼 웨이브가 아닌 거지. 웨이브가 이렇게 쉽게 끝날 리가 있나."

"그렇긴 하지만 온 훈 경이 아니테라의 타이탄 50여 기를 이끌고 직접 주술사가 포함된 오우거 50여 마리를 사냥했다고 합니다. 아무래도 그 때문에 제대로 된 웨이브가 발생하지 않은 것은 아닌지 의심됩니다."

"하아! 50기라니 정말 대단하군. 그나저나 이렇게 되면 얼마 전에 동부 마탑 연합의 학회에서 나왔다는 이론이 맞는 건가?"

시장 역시 시티 입장에서는 극히 중요한 사안인 몬스터 웨이브에 대한 새로운 이론이라서 이미 보고를 받았고 마법사들을 불러서 토론까지 진행한 적이 있었다.

"네. 종이 전혀 다른 마수와 몬스터 들을 성 주위로 끌어당기고 싸우지 않게 하는 이유는 알 수 없지만 그 많은 마수와 몬스터를 광기에 빠뜨리는 것은 웨이브의 최종 보스가 속한 종족의 주술사가 인사니아라는 광역 주술을 펼치기 때문이라는 내용이었지요."

"그런데 그 내용은 이론적으로는 가능성이 높다고 알려졌지만 확인된 바는 없다고 하지 않았나?"

"그렇습니다. 하지만 만약 이번 릴센의 몬스터 웨이브가 이대로 끝난다면 그 주장이 맞다고 확인되는 겁니다."

릴센에서 발생한 몬스터 웨이브가 이대로 끝난다면 세상은 발칵 뒤집힐 것이다. 동부 마탑 연합의 학회에서 나온 이론이 사실이라면 시티들이 주기적으로 입을 수밖에 없는 막대한 피해를 최소한으로 줄일 수 있으니 말이다.

마법사를 이용한 공중 정찰로 주술사가 포함된 몬스터 무리의 위치를 미리 파악하고 타이탄을 대거 동원해서 처리하는 방식으로 대응하면 될 것이다.

'물론 그 전에 타이탄 전용 아공간 아이템이 개발되어야겠지만.'

그렇지 않으면 그 육중한 타이탄을 해당 작전에 제대로 투입할 수가 없었다.

'그렇게 생각하니 아니테라의 타이탄이 더욱 매력적이네.'

전용 아공간 아이템이 있다는 점이 더욱 부각된다.

문제는 천성 자체가 오만하고 성질머리가 더러운 동생 놈 때문에 아니테라의 특사인 가온에게 분노를 샀다는 것이다.

'뭐 그래도 그 정도 일로 엄청난 수익이 약속되는 타이탄 경매를 포기하지는 않겠지. 용병을 대상으로 한 경매를 허가할 시티는 우리밖에 없을 테니.'

후판 판매 건이 날아간 것은 아쉽지만 판로가 없는 것도 아니니 알펜으로서는 손해를 보지는 않았다.

"하아. 그게 사실이라고 해도 어지간한 시티는 주술사가 포함된 무리를 따로 요격할 능력이 없을 텐데. 릴센이 운이 좋네."

"누구도 눈으로 확인한 것은 아니지만 아니테라에서 동원한 타이탄 전력이 베타급 20기를 포함해서 50기나 되었다니 릴센의 기둥뿌리가 하나는 뽑혔을 겁니다."

"그렇겠지. 그만한 전력을 보유한 것이 사실인지는 차치하더라고 그런 전력을 움직이려면 많은 것을 주어야 했을 테지. 아무튼 용병들은 언제 귀환한다고 하던가?"

"혹시 모르는 사태에 대비해서 릴센에서 요청한 대로 지켜보다가 보름 후에나 귀환하겠다고 합니다."

"보름? 그렇게 오래 거기에 있겠다는 건가?"

"로랑 지부장이 그렇게 알려 왔습니다."

"우리 시티에 문제는 없고?"

"당연히 근처로 향하는 상행이 극도로 위축되었지만 그건 어쩔 수 없습니다."

당장 고위급 용병들이 빠졌으니 상단의 상행 역시 크게 감소할 수밖에 없었다.

"에잉! 알겠네."

"그리고 아직 소문이긴 한데 아니테라 측이 릴센에서 타이탄 경매를 열 수도 있다고 합니다."

"릴센에서?"

이제까지 심드렁한 얼굴로 보고를 받던 시장의 태도가 확 달라졌다.

"확실하지는 않지만 그쪽의 고위급 용병 일부가 그런 말을 흘렸다고 합니다."

"당장 알아봐!"

그렇게 명령을 내리는 시장의 얼굴은 심각하게 굳어 있었다.

후판 문제로 인해서 사이가 벌어지기는 했지만 아니테라 측이 이곳 알펜이 아니라 릴센 시티에서 타이탄 경매를 열 거라고는 생각하지 않았다.

'진짜일 수도 있어!'

온 훈이 이곳에서 용병으로 등록했기에 막연히 타이탄 경매는 앞으로 알펜에서 열 거라고 믿었는데 자신의 말을 제대로 이해하지 못한 어리석은 동생 때문에 관계가 틀어졌으니 그럴 수도 있었다.

'현재 릴센 시티가 제대로 된 후판을 생산하고는 있지만 우리와 몇몇 시티의 견제로 판로가 막혀서 창고에 가득 쌓아 둔 재고를 저렴하게 판매하는 조건으로 타이탄 경매를 유치했을 가능성이 높아!'

객관적으로 봤을 때 릴센의 후판 품질은 알펜의 그것과 큰 차이가 없다. 마침 창고에 재고가 잔뜩 쌓여 있으니 딜을 시도하는 것도 그리 어렵지 않았을 것이다. 후판의 판매가가 워낙 높기 때문에 7할 이상 할인해서 팔아도 릴센은 투자비는 충분히 건질 수 있었다.

아무래도 뭔가 잘못되어 가는 것 같은 불길한 생각이 들었다.

가온은 당장이라도 고대 유적지 탐사를 나서고 싶었지만 동행하기로 한 이들은 처리할 일이 남아 있었다. 로랑은 이곳에 온 용병들의 책임자이고 나머지 세 사람도 용병단의 수장이니 당연한 일이다.

결국 가온은 다음 날 일찍 남문 밖에서 만나기로 하고 먼저 릴센 시티를 빠져나왔다.

'그래! 시간이 있으니 던전을 한번 공략해 보자.'

전사장들에게도 타이탄을 지급했기 때문에 마정석은 많이 필요하다. 물론 드래곤 아공간에 있던 것까지 포함하면 현재로서는 충분하지만 나중에 전사들에게까지 타이탄을 지급하게 된다면 부족해질 것이다.

'시간이 날 때마다 부지런히 모아야지.'

가온은 정령들을 모두 불렀다.

'그리고 보니 너희들은 요즘 안 보이던데 어디에서 지내는 거야?'

한동안 아니테라에서 지내는 것 같더니 어느 순간부터는 아니테라에서 볼 수가 없었다.

─난 세계수의 도움으로 수련을 하고 있어.

'세계수와?'

놀라웠다. 그럼 카오스는 세계수와 소통을 하고 있다는 얘기가 아닌가.

-응. 나도 모둔 언니처럼 되고 싶어서 부탁을 했어. 세계수는 생명력을 다루는 권능을 가지고 있거든.

'설마 인간이 되고 싶은 거야?'

-응.

왜 인간이 되고 싶은 건지 모르겠다. 정령이라는 존재는 한없이 자유롭고 특히 카오스는 모든 속성을 다룰 수 있기에 못 하는 일이 없을 텐데.

가온이 막 카오스에게 더 깊은 내용의 질문을 던지려고 할 때 이번에는 녹스가 입을 열었다.

-난 알테어와 함께 원소를 연구하고 있어.

'원소? 설마 분자나 원자를 말하는 거야?'

-맞아.

'설마 개념을 알고 하는 소리인 거지?'

-당연하지. 원자는 물질을 이루는 기본 성분으로, 화학적인 방법으로는 더 이상 다른 물질로 분해되지 않은 성분이잖아. 분자는 독립적으로 물리적-화학적 성질을 보일 수 있는 원자의 모임이고.

알고 있다, 그것도 너무나 잘. 아무래도 제대로 공부를 하는 것 같았다.

'무슨 연구인데?'

－원자와 분자가 생명체에게 미치는 영향을 알고 싶어서. 가온이 알테어에 시킨 연구도 그거잖아.

맞다. 본신이 지구에서 하고 싶은 일이 바로 그런 연구를 기반으로 사람들에게 도움이 되는 약을 개발하고 싶어 알테어에게 부탁을 했다.

－이곳에서는 내 존재가 가온에게 큰 도움이 되질 않잖아.

그러고 보니 아이테르 차원에 넘어온 후, 카오스에게는 꽤 자주 부탁을 했는데 녹스나 마누 그리고 카우마에게는 딱히 시킨 일이 없었다.

'그럼 마누와 카우마는?'

－조금 멀리 떨어진 곳에 수시로 벼락이 치는 깊은 협곡이 있어서 그곳에서 지내고 있어요.

－저도 좀 멀기는 하지만 화산 지대에서 보내고 있어요.

그냥 적당한 곳에서 놀고 있는 줄 알았는데 나름 치열하게 성장을 위해서 노력을 하고 있었다.

'그렇구나! 다들 대단해!'

자신의 영혼과 이어져 있어서 그런지 넷 모두 자신의 성장을 위해서 노력을 하고 있다는 사실이 너무 뿌듯했다.

－그런데 왜 불렀어?

'아! 부탁이 있어서. 이곳을 중심으로 각자 한 방향을 맡아서 던전을 10개씩만 찾아 줘. 가능하면 안에 서식하는 마수나 몬스터의 정보도 알려 주면 좋겠어.'

─그거야 어렵지 않지. 그럼 나는 북쪽을 맡을게.

카오스를 시작으로 각자 한 방향씩 맡아서 곧 사방으로 흩어졌다.

정찰을 마치고 돌아온 정령들의 보고를 들은 가온은 공략할 던전을 선정했다.

'중급 마정석이 가장 많이 나올 수 있는 던전이 제1 목표야.'

던전마다 평균적으로 1만 마리 정도가 서식하는 오크는 전사 계급이 보통 중급 마정석을 가지고 있어 가장 적합한 사냥감이었다.

'그런데 많기는 많군.'

최소 수십 년 동안은 던전을 공략하지 않아서 그런지 오크가 보스인 던전은 17개나 되었다. 정령들이 파악한 던전의 숫자가 40개인 점을 고려하면 굉장히 많았다.

오크 던전이 좋은 점이 있었다.

'등급이 낮은 던전은 대부분 한 번 공략으로 소멸되지 않지.'

두고두고 우려먹을 수 있다는 얘기다.

일단 아니테라로 건너간 가온은 전사단으로 향했다. 그리고 전사단을 17개 부대로 편성했다.

엘프족 전사들이 10개 부대, 나가족 전사들이 6개, 마지막으로 스노족과 모라이족 전사들을 묶어서 한 부대로 편성했다.

물론 각 부대에는 베타급 타이탄 라이더가 부대장을 맡도록 했고 스노족과 모라이족의 연합 부대의 경우 헤르나인이 이끌도록 했다.

"여러분은 이제부터 오크 던전을 공략한다. 알파급 타이탄의 구동원인 중급 마정석을 확보하기 위한 공략이니 내가 그만하라고 지시할 때까지 반복해서 공략하도록 해."

현재로서는 아니테라 전사들을 활용할 생각은 없기에 그렇게 정한 것이다.

"타이탄의 사용 여부는 부대장이 알아서 판단하도록 해."

말은 이렇게 했지만 굳이 사용하지 않을 것이다. 어차피 오크들이 한곳에 모여 있는 것도 아니니 각 부대의 전력이면 충분히 상대할 수 있었다. 어쨌거나 각 부대의 수장은 소드 마스터이니 말이다.

그렇게 부대 편성을 마치고 대기하라고 명령을 내린 가온은 다시 아이테르 차원으로 건너왔다.

'마누, 위치는 다 알지?'

-네, 언니들과 함께 한 번씩 가 봤어요.

위치 정보만 확실하면 공간 이동이 가능한 마누지만 그래도 방문한 곳이라면 더 확실하게 공간 이동을 할 수 있었다.

가온은 마누와 함께 오크 던전 앞으로 공간 이동을 한 후한 부대씩 소환했다. 한동안 이곳에서 지내면서 생활해야 하기 때문에 다들 짐을 꽤 많이 챙겼다.

전투준비를 갖춘 부대들은 가온에게 절도 있는 동작으로 경의를 표하고 던전 안으로 진입했는데 특히 알파급 타이탄을 지급받았거나 예정인 전사장들의 각오가 대단한 것 같았다.

그렇게 열일곱 번에 걸쳐서 공간 이동을 하고 전사들을 던전으로 들여보낸 가온은 피식 웃었다.

'내 덕분에 릴센 시티는 한동안 오크의 위협에서 벗어날 수 있겠네.'

몬스터 웨이브 때 수많은 마수와 몬스터를 사냥한 데다가 이번에 오크 던전들을 공략하게 되면 릴센 시티 주위에서는 한동안 오크를 보기 힘들 것이다.

'그나저나 모두 반복 공략형이었으면 좋겠군.'

다른 때는 1회 공략으로 소멸하는 던전이 좋았지만 이번 만큼은 반복해서 생성하는 던전이길 바랐다.

물론 반복형이라고 하더라도 완전히 소멸할 때까지 공략하기는 힘들다. 공략을 마쳐도 바로 소멸하는 것도 아니고 다시 생성하려면 시간이 걸리기 때문에 기껏해야 서너 번이 고작일 것이다.

'그러니까 아이테르 차원에 타이탄을 열심히 보급해야 해.'

아직 차원 의뢰를 단시간에 완수할 마땅할 대책을 마련하지 못한 이상 던전들을 빠르게 공략하는 것이 최선이다.

문제는 시티들이 오랫동안 방치를 했기에 던전이 엄청나게 많다는 사실이다. 그리고 시티들의 전력은 그런 던전들을 정리하기에는 턱없이 낮았다. 그러니 타이탄이라도 보급해서 전력을 끌어 올려야만 했다.

'차라리 타이탄 설계도를 뿌려 버릴까?'

그것도 나쁘지 않은데 그러기에는 걸리는 것이 많았다.

'아니야! 자칫 잘못하면 던전 공략보다 이웃 시티를 합병하는 데 사용할 수 있어.'

권력을 탐하는 인간의 본성이 문제다. 그래서 가온이 시티가 아니라 개인인 용병들에게 타이탄을 판매하려는 것이다.

'최선의 방법을 계속 고민해 보자.'

지금으로서는 이게 최선이었다.

다음 권으로 이어집니다

우리 교황님 좀 말려주세요

판미손 퓨전 판타지 장편소설

비정상 교황님의
듣도 보도 못한 전도(물리) 프로젝트!

이세계의 신에게 강제로 납치(?)당한 김시우
차원 '에덴'에서 10년간 온갖 고생은 다 하고
겨우 교황이 되어 고향으로 귀환했건만……

경고! 90일 이내 목표 신도 숫자를 달성하지 못할 시
당신의 시스템이 초기화됩니다!

퀘스트를 달성하지 못하면 능력치가 도로 0이 된다고?
그 개고생, 두 번은 못 하지!

"좋은 말씀 전하러 왔습니다, 형제님^^"

※주의※ 사이비 아닙니다, 오해하지 마세요!

망한 가문의 검술 천재가 되었다

소구장 퓨전 판타지 장편소설

**역사에서도 잊힌 비운의 검술 천재
최강의 꼰대력으로 무장한 채
후손의 몸으로 깨어나다!**

만년 2위 검사 루크 슈넬덴
세계를 위협하던 마룡을 물리치며
정점에 이른 순간

이대로 그냥 죽어 다오, 나를 위해서.

라이벌인 멀빈 코넬리오에게 목숨을 잃……
……은 줄 알았는데,
200년 후의 몰락한 슈넬덴가에서 눈뜨다!
가족이라고는 무기력한 가주, 망나니 1공자뿐
망해 버린 가문을 살리기 위해
까마득한 조상님이 팔을 걷었다!

**설풍 같은 검술, 그보다 매서운 독설로
슈넬덴가를 정점으로 이끌어라!**